文学之都·青柠檬丛书

俄耳普斯的春天

钱墨痕 著

南京出版传媒集团
南京出版社

图书在版编目（CIP）数据

俄耳普斯的春天 / 钱墨痕著 . -- 南京：南京出版
社 , 2021.3
（文学之都·青柠檬丛书）
ISBN 978-7-5533-3181-2

Ⅰ.①俄… Ⅱ.①钱… Ⅲ.①长篇小说—中国—当代
Ⅳ.① I247.5

中国版本图书馆 CIP 数据核字（2021）第 027946 号

丛 书 名	文学之都·青柠檬丛书
书　　名	俄耳普斯的春天
作　　者	钱墨痕
出版发行	南京出版传媒集团
	南京出版社

社址：南京市太平门街53号　　　　邮编：210016

网址：http://www.njcbs.cn　　　　电子信箱：njcbs1988@163.com

联系电话：025-83283893、83283864（营销）　025-83112257（编务）

出 版 人	项晓宁
出 品 人	卢海鸣
责任编辑	苏 牧　赵育春
封面设计	朱赢椿　戴亦然
封面插画	风 四
版式设计	石 慧
责任印制	杨福彬

排　　版	南京新华丰制版有限公司
印　　刷	南京爱德印刷有限公司
开　　本	880毫米×1230毫米　1/32
印　　张	6.75
字　　数	134千
版　　次	2021年3月第1版
印　　次	2021年3月第1次印刷
书　　号	ISBN 978-7-5533-3181-2
定　　价	52.00元

用微信或京东
APP扫码购书

用淘宝APP
扫码购书

青春因文学而不朽

丁　帆

看到一句话十分感动："青春不死！"言下之意，就是《青春》杂志不死。而从广义的角度来说，这世间一切生命的理想和欲望都是想永葆青春活力的。然而，青春易老，驻颜难求，唯有文学才能使青春不死。

多年前，当方之在为筹办南京市的一个杂志而殚精竭虑、耗尽最后一息生命之时，中国文坛记住了1979年这个难忘的金秋——在那个充满着文学青春活力的时代，《青春》杂志诞生了。她照亮了许许多多文学青年圆梦的道路，几十年间，一批又一批的作家从这个摇篮中呱呱落地，在蹒跚中走向了诗和远方，她成了中国文坛培养青年作家的地标性刊物。

毋庸讳言，20世纪90年代的商品文化大潮无情地冲击着人们的文学理想，当文学成为消费文化的奴仆时，青春不再了，"青春几何时，黄鸟鸣不歇"（李白），"泥落画梁空，梦想青春语"（吴文英）。这样的悲凉却是几代文学青年心头之痛。然而，在21世纪的第二个十年到来之时，带有"青春"标识的文学复活，则搅动了新时代文学青年的青春之梦，她会又一次成为新世纪文学新人的摇篮吗？《青春》作为一份以培养文学新人为办刊宗旨的杂志，尽管有许许多多困扰羁绊当道，但是她主办的"青春文学奖"35年后的重启，无疑吹响了召唤"青春文学"的号角。在这里，我们看到了文学的希望——《青春》杂志把文学青春的触角伸向了大学校园，新一代有知识有文化有识见的青年作者从这里出发，迎接他们阳光灿烂的文学日子，即使再有暴风骤雨的时刻，他们也必定以青春的名义，向这个世界宣告：我们来了！

第六届"青春文学奖"以青春开路，将获奖作品结集出版，定名为"文学之都·青柠檬丛书"，其中包含了获奖的5部长篇小说和5部中短篇小说。无疑，冠以"文学之都"，其用意不言而喻：也正是在《青春》创刊40年后的2019年又一个金秋时节，南京被联合国教科文组织评为"世界文学之都"，《青春》也唤回了自己的第二青春期；"青柠檬"则预示着青春文学在青涩中的又一次崛起，她象征着大批的青年作家将从这里起航，走进成熟前的那份没有被污染的清纯境界，走进那个青春萌动的憨态可掬的创作流程之中。

浏览这些作品，我仿佛看到了一种原生态文学写作者对创作的虔诚与庄重，从中既看到了文学未来的希望，同时也看到了他们在成长中需要磨砺的青涩。

在五部长篇小说中，第一名是空缺的，这充分体现了评委会的严谨态度。以我的陋见，这批作品正是成长中的作品。

宋旭东的长篇小说《交叉感染》以变幻着的第一人称与第二人称叙事视角，灵动地展现了作者对生活的深刻思考。时空的变幻，让小说具有了来之不易的成熟和韵味，也让书写脱尽铅华，不显造作，使作品的生活气息显得自然贴切。显然，它的理性哲思通过形而下的形象描写，让读者从中嗅到了青春的气息。

《自逐白云驿》来自一个日本大学社会学专业学生的手笔，其小说也是在时间和空间、现实与梦幻中展开抒写的翅膀，思考的却是生存哲学问题。作品是一部成长小说。作者春马对人性的思索充满深刻的探究和剖析，沉湎于形而上的描写之中。从某种意义上来说，这类作品如果能够完成小说从形而下到形而上，再到形而下的描写过程，或许会更能够打动读者。

阿野的《黎明街区》描写年轻一代人迷茫的人生境遇，青春的痛感与生活的无着，在作者形而下的生动描写中得以充分体现，所形成的作品张力，让人感到无边的生存困惑无处不在。所有这些生活景观都在作者细致的描写中得以较好地呈现，也体现了作者对青春迷茫期的人生叩问与沉思。

钱墨痕作为一个已经在中国现当代文学专业学习的年轻学子，他的《俄耳普斯的春天》虽然过于讲究从主题出发来建构小说的肌理，但是，也写出了被时光和世人之眼"石化"的人物从幽冥的黑暗中提点到阳光下的复活，从这个意义上说，作者对于这个世界形而上的思考是有一定深度的。

高桑的《火速逃离平江路》通过一个儿童的限知视角和一个全知视角，以交替的眼光来展开对世俗生活的描写，虽然没有君特·格拉斯那种具有荒诞性的结构和观察世界的独到之处，以及深刻的哲思，却也写出了人物命运的艰辛，不乏对生活的深入思考。作品对平凡人物的心理描写和市井生活的摹写，也有其独到之处，显示出作者较强的生活洞察力和深切的人文关怀。

在得奖的五部中短篇小说当中，《狂想一九九三》属于那种以澎湃激情取胜的作品，情感抒发一泻千里；而《花朝鲁》则是一篇舒缓的抒情诗；《镜中人，镜中人》是在写实与想象的时空之间，展开故事的叙述，具有一定的小说张力；《木兰舟》以浪漫主义的笔法抒写了一个异乡人的边地故事，以城市文明为参照，反思了两种文明的双重悖论；《心梗》对日常生活的描写，展示了一种对人性的思考。

在这些小说中，我们看到了作者进入文学创作状态下的那种激情与青涩，同时也看到了那种青春创作期的兴奋与亢进，以及在愉悦之中成长的烦恼。随着坚持不懈的努力，他们会在逐渐成熟的过程中完善自我，获得看取世界的生活经验，极大地丰富创作的能力和把握文学主题的信心。

作为一个历经沧桑的文学批评者，我更希望我们的年轻作家能够在广泛阅读的基础上获得认识世界、理解社会的经验。因为许许多多的创作经验并非在习焉不察的生活中获得的，恰恰相反，许多前人对世界和人性的认识，是确立我们世界观和价值观的坐标，能够成为触发我们创作动力的源泉，也是让创作能力永不枯竭、永葆青春的驱动器。

青春不老，文学长青！

（作者系南京大学文学院教授、南京大学学术委员会委员、中国现代文学研究会会长、中国作家协会理论委员会副主任）

献给Daily

你把我从黑暗之中拯救出来

1

第一次见到李sir那天我正对着电脑，教群里的哥几个如何迅速俘获女孩的芳心。现在是下午5点，刚聊上一个小时，但我有足够的信心让这个女孩在今晚就迷上我。

"对于大部分男生来说，不能很好地吸引女生最大的原因还是对于爱的理解存在误区，不自觉地就让女孩对你们产生误会。爱或者交往从来不是目的，只是手段或者过程。你只有展现出这种姿态，才会显得绅士或者礼貌，这是成功的第一步。"

几个哥们儿总叫我恋爱大师，说难听点是帮广大男性同胞把关，让他们不受拜金女的欺骗，往好听了说则是为不太聪明的男人架起一座与女人沟通的桥梁。我当然有正职的工作，起先只是为了好玩，我有个发小，一年中连着遇到了三个海王，他就"像只鱼儿在她们的鱼塘"，遇到了同类也不自知。最早是看不得他每次大半夜的把我从被窝里拉出来喝酒，后来就是朋友的朋友，朋友的朋友的朋友，名声慢慢就传开了，闲暇时期也凑合帮帮弟兄们，舍己为人。

一个小时的基础交流，足以进入讲一些暧昧之辞的阶段。男女交流存在一个"黄金窗口期"，双方刚认识的阶段对彼此兴趣都很大，这段时间抓住了机遇，之后便有无限可能。20分钟前，我试着对她发起了模糊邀约，模糊邀约是正式邀约前关键性的一步，我说"什么时候出来喝酒，感觉还挺聊得来"，没想到她拒绝了我。她说她昨天玩得太疯了，到现在酒还没完全醒。我不相信她的说辞，更何况这个社交软件还是她匹配的我。我佯装生气，没有回复她。

也可能我是真有点生气，弟兄们还等着我凯旋的号角。我有点下不来台，但还得强撑着分析女生对陌生人戒备心的合理性，以及如何进一步产生"矛盾"和交集，好让关系往下走。

大概是看我"已阅"之后十分钟都没有说话，对话框上开始显示"对方正在打字"。这是一个契机，趁她还没发过来，我发了一个"没有"加一个难过的表情过去。几乎是同时，她发给我"你是不是生气了？"几秒钟后姑娘把对话框的截图发给我问我怎么会知道她想说什么。一点面子找回来了。"在恋爱中，包括处理别的人际关系，换位思考很重要。或者通俗一点讲，猜别人在想什么要说什么，然后你提前回答他，会给对方造成一种心有灵犀的错觉，这是好感提升的一个方式。"

"那你怎么知道她要说什么呢？"在几个人的赞美声中，有个哥们问了这句。

"你们看，这么长时间不回复，要不然是对话结束，要不然便是她主动来询问。这种大环境下，女生对你只要没有厌恶感，一般不会主动结束一段对话。而且大家刚才也看见了，她已经在预备开启新的对话了。这种情况下她不是发'你怎么不回我'便是'你是不是生气了'，打一个'没有'，一来这两个字打起来速度快，二来也制造心有灵犀的错觉。"

一点点无关痛痒的矛盾能让感情迅速升温，我接下来可以讲一些温和的笑话了。可这时门铃响起来，对方刚对我有了点好感，半分钟的断裂都会使这些荡然无存。我可不是听到铃声就放下手边一切的那种人，铃声从我上学起仿佛就一直在那儿了。

我没有理会，但这次的门铃一直没有停止，一次与一次的间隙期还伴着重重的敲门声。我不情愿地离开电脑桌，踱步过去开门。

"您好，钱墨痕先生吗？"

门外站着两个穿警服的人，我脑子懵了一下，想了一遍近两个月干的可能招来警察的事儿，谈恋爱不至于引警察上门。跟我好过的姑娘我都检查过身份证，说自己萝莉的比我都大上不少。闯红灯？横穿马路？没有扶老人？想着这些的间隙，我点点头，表示我就是他们要找的钱墨痕。

就像电影里演的那样，他们把警官证在我面前晃了一下，在我看清楚之前又收了回去。"有些事想找您了解一下，请问您现在有时间吗？"

　　我心里拒绝了一万遍，但还是侧身让他们进了屋，心虚地给两位警官倒了茶。

　　胖的那个我至今不知道名字，瘦的却长久留在了我的人生轨迹之中。第二次见面后，他跟我说可以叫他李sir，我说你们80后看港片长大的才叫sir，我们那会儿TVB已经迟暮，我小时候连圣斗士星矢都不看了，我们都看蓝猫淘气长大，对动物有着特殊的感情，我还是叫你铁龙吧。李铁龙，俗气而不失生动。

　　那也是后来的事了，当下开口的就是李sir。"我们想跟您了解一些事情。请问这个人你认识吗？"他举起了一张放大的证件照，五官明晰但是与真人毫不相似，丑得很特别，就是特别的丑。

　　我摇了摇头："有点印象，但是不记得是谁了。"

　　"你再好好想想。"

　　胖sir插了一句嘴，但被李sir伸手制止了，看来级别上李sir更高一些。

　　"牛阿彻这个人你有印象吗？"胖sir还想附和几句，但被李sir按住了大腿。

　　"我不认识这个人。"

　　"仔细想想吧。"

　　"我的朋友中没有姓牛的。"

　　"钱老师还根据姓氏交朋友呀。"我笑，他们也陪我笑，但他们笑得更职业，看不出背后的心理。"能不能回想一下，

10月12日那天晚上你在哪里，在干什么？"

我一般晚上不是写作就是找女孩子喝酒，10月12日是上周五，周五往往是大家最闲的时候，"我在1912酒吧街。"

"1912？那能证明的人应该很多了？"

是很多，但这种话却是难以启齿的，我总不能把结识的妹子找过来证明我们那夜的故事。酒吧老板倒是可以证明，但那天去的是哪一家呢？

坏了，上周五去的是"苏情"，在那儿招惹了一个带男朋友出来玩的姑娘，吃了瘪，11点不到就回到家了。

"在想怎么编瞎话呢？"坏的回忆如同隔夜的酒一样喷涌出来，继而被胖sir粗暴而残忍地打断，我的火气一下子蹿上来。

"你什么意思，审我？在我的家里？"

"小胖，你先下去发动车。"李sir忙来打圆场，"钱老师，我们也只是问问，请您理解我们的工作，配合我们的调查。"

"行，那天下午我在家待到六点，6点出门，8点半到了苏情酒吧，那儿的老板可以作证，10点半离开，11点到家。"

"我可以问一下，6点半到8点半两个小时之间你的行踪吗，就算工作日下班堵车，从鼓楼去1912也不用两个半小时吧？"

"是这样的，我先在家门口洗了个头发，正对大门那家，你们来的时候可以看到。然后去珠江路肯德基旁边的鸭血粉丝店吃的饭，空腹喝酒伤胃。"

"11点后有人证明你在家吗？"

"我一个人住。"

"好。牛阿彻10月12日7点47分和49分连续打了你两个电话，你没有接，8点11分的时候通了，通话56秒，有这回事吗？"

可是我真的不记得我认识什么牛阿彻，我从牛仔裤口袋里掏出手机，屏幕一点亮，19条未接来电。

"是我们分局的电话，存一下吧，不然也不会贸然造访。"

我不好意思地笑了笑，"工作时候都开静音，不怎么看，平时也没人找我。"

"作家嘛，理解。平时是没人找，一找不就出事了嘛。"

李sir说得我直冒冷汗。通话记录不多，往上翻翻就是那天的来电，备注上面写着Archer。

"你是说Archer？"

"根据我们的了解以及他身份证上的信息，他应该叫牛阿彻。这么说你认识他了？"

"是，也不是。"

"这就够了，你是他生前最后一个联系的人。"

这句话让我时刻运转的大脑停滞下来："生前？他死了，他怎么死的？"

"钱老师，跟案情有关的信息，现在还不便说。"

"所以你们怀疑我？"

　　"我们不是怀疑您，我们只是不放过任何一条有价值的线索，希望您能理解。茶也喝完了，要不我们换个地方再聊？"

　　为了这句话，他们已经做了太多铺垫，今天的计划势必泡汤了。从两位警察进门开始，各种社交软件的提示音就没停过，我恨恨地走进书房，"啪"的一声合上了电脑。

　　往好处想，明天回来如果这个姑娘还记得我，能把这份感情续上，这段就叫"欲擒故纵"。

2

　　大师也不是一出生就是大师的，我就是在菜鸟的阶段认识了刘局，那不是一个爱情故事，那时菜鸟的我还不配谈论爱情。

　　那是七八年前的冬天，我被追了好久的女孩子放了鸽子，在咖啡厅孤独地看一本叫《普宁》的书，我不关心书里那个奇怪的俄罗斯老头会有怎样的结局，我关心的只是那个女孩为什么又一次"拒绝"了我。本来她答应会在这一天告诉我她的答复。我从下午等到天黑，合上了看了十页的《普宁》，走出了咖啡馆。南京的冬天五点天就黑了，到地铁站的那条路上，我抬眼就看到了一个小伙子跪在那里。我没太好意思正眼看，只是偷偷去瞄，瞄了两眼发现不对，跪着的人不像乞丐，他穿着说不上光鲜，起码很整洁，甚至头发还用油抹过。是个男生，年纪比自己长不了几岁。

　　我把脚步放慢，男生面前放了块木板，用秀气的字写着自己来南京玩丢了钱包，希望好心人能给50块，够回扬州就行。
男生跪坐在那里没有抬起过头，我想了想也没有停下，就这样
走过去了。

走过去也就走过去了，不可能回头去找。现在骗子太多
了，他也可能是其中一个，我没多想。前面不远就是地铁，进
了地铁才暖和点，南京的冬天可不好过。

我很快就忘了这事，但这事没能过去，下了电梯有个男
生在一个一个拦路人，问他们有没有现金，自己可以支付宝转
账给他们，但是没有人理他。我倒是来了兴趣，怎么这些事都
赶在一起了。我的心情不觉间好一点了，跑过去拍了拍他的肩
膀，问他是怎么一回事。

"你有现金吗？我支付宝转给你。"

我看他面相不像坏人，而且我都主动凑这场热闹了，我说
有啊，然后掏出了钱包，从里面取了两张一百。他接了过去，
转完账准备上去时被我叫住了："别急哥们儿，怎么了？"

他指了指电梯的出口，问我看见那个跪着的年轻人了吗，
跪了一下午了。

我点点头说我看见了，他都跪了一下午了？

"是啊，我看他不像骗子。"

我想了想，但没把话说出来，行吧，那就上去看看。

也许是我们聊得有些久，上去的时候天完全黑了下来，我
们凭借记忆找到那个男孩跪着的地方，他已经离开了，不知道
是要到了钱还是换个地方再寻求帮助。我看向旁边的哥们儿，

他明显更沮丧一些。我想试着安慰他，边往地铁走边说："别想这么多，说不定他已经要到钱了呢！"

他摇摇头，告诉我不会的，他一个下午都没有得到同情，现在也不会。而且现在到下班高峰了，上了一天班的人只会关心自己，不会关心别人。

"那换种方式想想，万一他没丢钱包呢，而且现在不是都有移动支付？"话到嘴边我还是忍住没说，万一他真的是骗子呢？

不是的，他叹了口气，继续说，万一他手机也一起放在口袋里被人偷走了呢？

"可是谁出门旅游还带着块木板，时刻准备着自己被偷。"

兄弟，你想的这些我也都想过。万一他在那儿很久了，一开始只是呼喊请求帮助，但天太冷了，有好心人说你不如写下来，这样省力还能让更多人看到，他应该不会拒绝吧，他肯定不会拒绝。于是他就跪在那儿了，旁边就是文具店，那儿肯定有硬纸板不是吗？

"可是他为什么不报警呢？"

他是来旅游的，他哪知道警察局在哪里呢？而且他跪多久都没有用吧，现在谁出门还会带现金？我才想着来地铁站换点现金。

被他说的我也有点难过，他最后做了总结陈词，他说不怕别的，就怕那个人是真的丢了钱包，自己错过了一件好事。说完了这些，他才想到还没有自我介绍，他告诉我他在警校读研究生，朋友们都叫他刘局。往好处想，一个未来的警察能有这样悲悯的情怀，世界在往好的方向发展。我也告诉了他我的名字和联系方式。我说他说的对，就差了一点，我有钱我应该给一点的，毕竟如果是我在那个环境，我也没办法证明自己不是骗子，这也是我绝望的地方。

我是认真这样想的，刘局比我积极一些，说也不用这么悲观，世界上总是还有好人在的。"可是怎么证明呢，我怎么向另一个好人证明我是个好人呢？"现在很多好人的善心已经快被透支光了，我有个朋友家里出了小变故，问题不大，只是需要点医药费，但他第一反应是去网上众筹，利用大家的善心去分担他微不足道的苦难，病好之后他甚至还赚了一笔。

"总是能证明的。"

"那怎么证明呢？"我有点不依不饶了，刘局不过是见第一面的朋友。

但他没有生气，他说那我们做个实验好了。

"实验？"

"对啊，我装作那小伙子，你在旁边观察，试试不就知道了。"

"可是这样不好吧，很多善意就是被这种测验消耗掉的。"

"不至于，如果真有人帮我们，咱们立即跟人说，说咱们是做实验的，咱不要人钱不就是了，试试呗。"

　　刘局又反复说了几次，我就被说动了。毕竟这也是自己感兴趣的事。自己大学上了这些年，不净在拿自己做实验了嘛。

　　我在天桥上望着，视线没什么阻挡，能直直地看着刘局跪坐在那里。现在准备阶段过去了，能做的就只有等待了。

　　东西是前一天就准备好的，刘局要穿的衣服、写着困难处境的纸牌、一个当作乞讨碗的棒球帽。我们之前只看见过正在乞讨的人，从没见过准备阶段该是怎么样的，总不能跟摆摊似的一跪下来就干活吧。但也没什么不能的，刘局就是这么做的。

　　去的时候是中午，气温相对高些。我放心不下，专门给刘局腰上围上了一圈暖宝宝，我边贴刘局边笑。我让他别乱动，还不是为了实验，不然到一半刘局拉肚子还得我来替他看着摊子。

　　最初的不自在很快就过去了，刘局看上去还有些游刃有余。他演得还不错，眼神坚定中带一点羞耻，倒也符合要面子的年轻人的特征，头始终没抬起来。

　　十分钟前过去了个老太，老太看起来一副惊慌的模样，我盯着一下子紧张了起来。之前听说乞丐各有地盘，你没法在不属于你的地盘行乞。自己做功课的时候倒是忘了这点。但现在也于事无补了，从天桥上下了两级台阶，紧盯着形势往哪儿发展。

　　老太往刘局面前走了两步，在纸板前停了下来，刘局没抬头，两人也没有交流。老太长久地站在纸板前，腰弯得很低。

工作日的下午街上没有很多人，也不会有人注意到他们。老太把手伸进口袋，想拿点什么，但没拿出来，而后又站了一会儿，走远了。

我爬上两级台阶回到天桥，有点难受，没法深想老太的用意。时间还在过，刘局还跪在那儿，之后又过去了一帮人，大部分径直走过去了，就跟那天的我一样，少部分人停了下来，远远地看刘局一会儿，但也都没能掏出钱来。还有个女生问刘局能微信转账吗，刘局抬起头对女生笑了一下，指了指纸板上"手机丢了"那句，那是那天下午刘局第一次抬起头来。

第二次很快也就到了，一个小男孩往鸭舌帽里投了一枚硬币。从我的视线看过去，是一对母子。经过之后，小男孩缠着母亲，母亲说了男孩几句，男孩不听，死命拽着母亲的胳臂。母亲没办法只能从钱包里掏出一块的硬币，看着小男孩蹦蹦跳跳地过去把硬币扔到帽子里。

按我和刘局前一天晚上安排好的，给刘局的钱是不能动的。要是有人真给钱了，则由我负责还给人家。我跑下天桥，追上那对母子，唤了一声"您好"。

母亲戴着墨镜，听到了招呼，但没有停下。

我三步并作两步跑到母亲前面，把一块钱递给她，准备给他们解释这只是个实验。男孩则瞪大眼睛看着这个跟他妈妈说话的叔叔。

母亲没有接过钱，也没听我说上两句话，一句"有病吧"脱口而出，而后用力拽了男孩一把，向前走了。男孩还在不断回头看，我也只好尴尬地朝男孩笑笑。

接着的近两个小时都没有新的故事，很快到下班高峰了，人们也都匆匆而过。

我等得有些无聊，一下午把身上的半包烟都抽完了，还发了一会儿呆，天色暗下来了，几乎到了上次一样的时间点。我朝刘局吹了一声口哨，意思是行动差不多结束吧，但是刘局没有任何的回应，帽子里还是那一块钱。刘局的意思也明了，"等等，再等等。"

"你身份证在吗？"

刘局还在走神，没听到别人在跟他说什么。是个女孩，二十二三岁的样子，她伸出抹了指甲油的手在自己眼前晃了晃，刘局抬起头，她又把问题问了一遍。

"带了。"

"可以给我看看吗？"

刘局把身份证递过去，这也是我们想好的。要有身份证才能坐火车，身份证不能丢。女孩拿起身份证两面看了看。

"你又不住扬州，去扬州有什么用？"

刘局告诉她，自己在扬州读书，朋友大多也在扬州，回到扬州就能找到朋友接济了。

他说完意识到自己说多了，他没有做好扬州学校方面的功课，万一女孩问到学校方面的事自己完全说不出来。好在女孩没有就这个话题追问下去。但她倒是真掏出了手机，问了一句要不我帮你报警？然后按了几下号码，把手机贴上了耳朵。刘局始终没有作声。

女孩不知是不是在观察刘局的反应，刘局把头又低下去了。女孩把手机从耳边拿下来，说着"算了算了，警察局也下班了，要不我帮你买张票？"

刘局仍然没有抬头，呢喃着说了句"谢谢"，女孩拿着手机犹豫着，但最后还是没点开"12306"的APP。她把手机放回包里，取而代之的是从包里掏出20元，将20元和身份证一起放进帽子里。

放钱之前，女孩注视了刘局很久，就跟下午那些远远看他的人们一样，那是同一种眼神。我远远看着，我知道这种眼神，我对它并不陌生。我之前看过一次外卖小哥在一个下雨天为了避让一个闯红灯的行人从而摔倒在路上，地面全是雨水，车翻了，后箱中的外卖洒了出来。因为修路，机动车、非机动车并作了一道。绿灯亮起来了，后面的车按着喇叭。他挣扎着爬起来，连身上的泥水都来不及拍，就去把电动车扶起来挪到路边。他回头的时候，刚好看到后面那辆车发动，迫不及待地从他要送的外卖上碾过去。周围尽是看着他的人，全是那种眼神，也许也包括我。每个人可能都想要帮忙，但没有一个人真正上前。

五分钟后刘局把头彻底抬起来，又是五分钟后，他站起身活动了下手脚，我知道这个下午结束了。

后来我们一起吃了火锅，暖了身子，谁也没有再去总结下午这件事，去判断实验成功与否。我们都巧妙避开这个可能会让我们难过的话题。但是经过这次莫名其妙的实验，我们的关系倒是处下了，我会跟他讲学业和找工作的困难，他也会跟我讲他的感情生活，他喜欢过一个女孩，一张白纸一样的女孩，追了四年，一事无成。我们俩就像这个时代任何不成功的年轻人一样，有空了就出来喝点酒，没空整年都不联系也没事。

最后一次见面是在五年前，那时我已经接到了研究生的录取通知书，将要离开南京，去往北京。他问我要不要去嗨一次，我说还是去吃小龙虾吧。那天我们在一个夜宵铺生生坐到天亮。

那天他跟我说为什么学历越低的人越会把妹，学历越高反而不能把知识运用上了。他不服，他说他要去研究巴甫洛夫把妹法，近20年的书不是白读的。我嘲笑他。

6月份的南京五点天就亮了。我还记得临别前刘局问我：

"你真的要去北大？"

"我真的要去北大。"

"北大也会收你这样的弱鸡？"

"北大也会收我这样的弱鸡。"

3

临进公安局大门之前，我问两位警官能不能给我一根烟的时间，"还给你一首歌的时间呢!"一根烟的时间比一首歌短，当然demo（歌曲小样）除外。我认真地回答他们。

我吸进去第一口，感觉思维活跃了一些，勉强可以正常思考了。我不常抽烟，真正遇上事了才抽一会儿。这包"红南京"上个月就在我身上了，从牛仔裤转移到了皮夹克，天都变了，一包烟还没抽完。

正常情况下一根烟的燃烧时间是130秒，像我一样大口吸，95秒也行，我想靠着这95秒理清思路。

"我六七年前来过这儿一次，现在算是二进宫了，怎么一点亲切感都没有。"

"我天天来这儿上班，还是没有一点亲切感。"我本想活跃一下气氛，胖sir一点幽默感都没有。我发烟给他们，他们没有接。嘬了两口，我识趣地转过身去，阿彻我是认识但是我们只见过一次，他死前最后一个电话打给我，可是他跟我说了什么，我一点印象都没有。除此之外便再没有更多的信息了。我翻出了刘局的号码，几年不见不知道这小子混得怎么样了，一个系统内的多少总能说上话，刘局未必是个局长，但乐观点想，万一他是个厅长呢！

事情在往糟糕的方向发展，电话没有接通，烟也快烧完了，我什么都没有想出来。我颓唐地跟他们走进去，摆出放弃抵抗的姿态。大不了他们问我什么我就说什么，我这样想，起码我什么都没干。

他们还算客气，给我沏了杯茶，开水冲下去，茶叶一根根立了起来。可惜立不了多久，只要水在，立着的茶叶早晚都会跟着大潮沉入杯底，极少固执的也只会被人随茶水喝入嘴吐进烟灰缸，这个无聊的道理我是之后才体会到的，当时我只感到鼓楼分局接待档次有了质的飞跃。7年前还是袋泡茶，现在奔小康了。

胖sir不见了，取而代之的是一个女记录员，全程很少插话，问话的都是李sir。

他让我讲一讲跟阿彻的关系。

"关系？没什么关系，朋友都说不上，一定要说的话勉强算是朋友——"

"认识就认识，朋友就朋友，钱老师请您尽量说得严谨一点，方便我们办案。"

我也想把对话尽量地压缩简洁，但舌头在嘴巴里打转，拖泥带水地一下子变得冗长而麻烦。

"警察叔叔，你们别急，我知道的肯定全告诉你们。我和阿彻只见过一次，那时他还用Archer这个英文名。当时说他是射手座才取的这个名字，没想到中英文转换来得这么随便。"

"说重点。"

"重点重点，我们就见过一次，今年夏天，7月22日。"

"钱老师日子记得这么清楚？"

"当然清楚，那天晚上我们聊了近6个小时，再说了要严谨不是你们说的吗？"

"6个小时，你们在哪儿聊的，酒吧？"

记录员开口说了第一句话。"当然不是酒吧，两个男人在酒吧聊上6个小时，说出去多奇怪啊，我不要面子的？"

李sir轻轻咳了两声，示意我认真。是这样的，我告诉他，那天在火车站，我们因为恐怖袭击封锁戒严，哪儿都去不了，在等待过程中聊的天，在德国慕尼黑。记录员还想听更多关于袭击的事，李sir则把话题精准地对准死者。

"跟牛阿彻聊的什么？"

"爱情。"

"爱情？你们两个大男人大半夜的，聊了6个小时的爱情？你不要面子的？"7点多的公安局大楼安静得像是只有我们3个。我不知道外面有没有人透过单面玻璃看着我们，也不知道这段对话有没有录音，但女记录员还是在放肆地大笑，而我被她噎得一句话也说不出来。

　　"小胡。"李sir敲了敲桌子，然后问我，和阿彻的6个小时长谈过程中有没有提及任何仇家的消息。我跟他说没有，也不会有。两个男人在一起聊得最多的就是女人，更何况我们见面纯属意外，被困在一起只能聊天，素昧平生又没有共同的经历可以聊。人心中有秘密总要倾诉，一个男人一生中关于女人的秘密最多，警察叔叔，你如果有秘密会选择告诉一个熟人还是选择一个只见过一面并且不会见第二面的人？李sir点了点头赞同了我的看法但不满足，我继续说，当时我看牛阿彻最多比我大上10岁，但状态什么的还挺沧桑，起码要比我成熟很多。眼看我又把谈话扯到别的地方去了，李sir打断了我：

　　"你那个时候在恐怖袭击的阴影下，随时都有可能客死他乡。除了爱情大概还会分享一些更重要的东西吧，比如你是基督山伯爵，你肯定会把财富所在地说出来，我希望你知道的都能告诉我。"

　　我刚想跟他说可能是我的措辞不对，恐怖袭击也没有那么恐怖，还不至于到讲"王师北定中原日"的地步，这时记录员的手机响了起来，李sir对我做了一个停止的手势。

　　一分钟之后记录员挂掉了电话，说尸检报告出来了。头部不是致命伤，致死原因是安眠药服用过量，且酒精含量超标，死亡时间是10月12日9点左右，初步判断为服用安眠药自杀，头部伤是因为醉酒导致跌倒，后脑勺碰撞柜子所致。

　　"不对，酒精会使血液流动加速，如果之前没有考虑到的话，真实的时间应该在尸检结果显示往后推一到两个小时。"

李sir有点意外地看着我，如果死于11点，钱老师大概没有不在场证据吧。

没有，但我只是想知道结果。我耸了耸肩。

"行，我们知道了，今天耽误钱老师时间了。如果有什么新进展我们会联系你的，希望您手机保持畅通，小区停车还蛮不方便的。"他难得地跟我开了个玩笑，但我倒是有些不高兴了。刚刚说着希望我知无不言，转眼间觉得我没有嫌疑便让我离开，看来还是把我当嫌疑人了。但我生气还不是因为这个，我觉得如果阿彻生前最后一个电话是打给我的，肯定是想从和我的对话中听到什么得到什么。电话结束后他选择了死亡，不管怎样，他的死我是有责任的，如果我现在就这样走了，才是真正地被耽误了时间。

"警察叔叔，我这里还有很多信息，我觉得我能帮到你们，也能帮到阿彻。"我换了一种语气，诚挚地看着李sir。

李sir和我对视了两秒，想想就这么让我走了确实有点草率，或者觉得打击我对朋友的赤诚之心有些不忍，他看了眼表说："阿彻的案子我现在有个会，明天我们要去现场搜证。你明天有空的话可以来，到时候把知道的全部告诉我。"

4

　　回到家我的心情久久不能平静，两个月前还站在眼前的小伙子今天突然得知离世了，仿佛吃了过期的维C，刚入口满口的酸，酸结束了之后发现还有些苦。对于30岁不到的年轻人来说，第一次离死亡这么近会触发自己思考很多东西。有些人会想如果我第二天就会死，我这一生留给这个世界的是什么。我没有那么崇高，我满脑子想的都是我如果三小时之后自杀我最后一个电话会拨给谁，要说什么话。我再打个比方，阿彻这个电话让我有一种他说要惩罚我，然后给我吃了只苍蝇，吃完之后啥也不说地转头走掉的感觉。我自己吃了只苍蝇还满是罪恶感。

　　我在沙发上枯坐半个小时都没想出结果，我决定要上床。上床只是普通的上床，爬上去拿起kindle，开始翻三个月前的日记。

那天是欧洲之行的第四天，安排好的行程是早上离开法兰克福晚上抵达慕尼黑。慕尼黑市购物商场内的枪击案发生在晚上5点50，我和阿彻大概相遇在7点45分左右。

在详细地捋时间线之前，我觉得有必要交代一些事情，我很少有长期固定的伴侣，出门常是一个人。一个人旅行看到的风景和多人同行完全是不同的。我有春天创作夏天旅行的习惯，一来旅行，二来则为避暑，夏天的南京实在算不上宜居。

今年春天我完成关于茨威格的博士论文，好好沉下心谈了谈茨威格的两次婚姻和自杀的问题。导师问我明明可以早写这样的研究，为什么还要拖如此久。我没想到高中老师骂我的话"你学得起来为什么不好好学"，在我又读了十年书之后仍然适用。我朝他笑着点头，没好意思呛他说"明知能去做而不做就是人类进化的意义。"

毕业之后我在南京一所不怎么样的大学找到了一个外国文学讲师的工作。跟有些地方相比，南京给的待遇其实不算最好，但我还是回到了南京。面试结束后，系主任把我留了下来，我告诉他待遇什么的都没关系，我唯一的期望是正式入职之前能休整一年。我甚至预备好了他问我原因时的说辞，但他什么都没问，只是说了句"现在的年轻人是有想法啊"，之后我就开始准备我的欧洲之行。我想看看歌德、卡夫卡，或者莫泊桑成长的地方，有可能的话再到他们的墓前，敬他们一杯酒，问问他们当时是怎么想的，就写出了这么牛的作品。

那时我正悠闲地坐在普洛欣根发往慕尼黑的IC2267号列车

上，等待着两小时之后能去往那个希特勒发动政变的啤酒馆，喝上一升啤酒啃上一个肘子，身边有没有巴伐利亚姑娘我都无所谓。讲道理还是国内好，自己的半吊子英语在这里问路买东西还凑合，要和姑娘调情，连一句"要不要去我房里坐坐"都表达不清楚。

火车刚刚慢悠悠地驶过格平根，欧洲的铁路网络异乎寻常得发达便利。这个点没有人再上下车，车厢里只是稀稀落落地坐着几个人，百无聊赖我打开了移动网。没几秒钟一个门户新闻网站推送来一个消息，说是一个多小时之前慕尼黑北部的奥林匹亚购物中心发生枪击案，已有10多人死亡，未抓获逃犯。警方呼吁市民待在家中，不要前往公共场所，还有一名甚至多名嫌犯在逃。在旁边紧跟着一条美国大使馆发布的新闻公告，说要一切在慕尼黑旅居的美国公民待在安全的场所或者即刻前往美国领事馆。我一开始只是想着看看热闹，转念一想到出事的地方与自己的行程的终点好像有点联系，这时把界面拉回新闻。随着时间的推移，相关的报道越来越多，我一条条看过去，慕尼黑全城戒严，所有公共交通全部停摆，警方关闭并封锁机场和火车站。也就意味着这班车到了慕尼黑我也出不了火车站，哪怕定的宾馆离火车站只有500米。我锁上了手机屏，往后靠在椅背上，怕是漫长的一夜。

但我想得过于简单了，慕尼黑戒严了哪能让你把火车开进去。广播里开始用德语报着一连串我听不懂的单词。德国广播只播一种语言。车上的德国人窃窃私语起来，两分钟后，列车缓缓停在一个小镇的站台。

　　独行的劣势这时显现出来，不能给别人安全感，也无法获得别人的安全感，撇开这个空洞而不真切的世界，你拥有的只是你自己。我心里有些发毛，跑到前面两个座位问一个看起来还算和蔼的中年女士：

　　"打扰了，请问发生了什么？"

　　"需要停车，前面开不了了。"

　　"要停多久啊？"

　　"40分钟吧，至少40分钟。"中年妇女带着歉意向我笑了笑，无奈地摆了摆手。我还想问点什么，但我的词汇量不允许我说更多的话。

　　在火车上枯坐了10分钟，一个穿着制服的列车员走进我们车厢，大声向我们解释着什么。几乎所有的人都围了上去，这时我才发现第一排坐着一个亚洲面孔的男子，相貌看上去比我大一点，但也只大一点。

　　列车员简单回应了几个问题就下了车，我挤到了第一排，"请问您是中国人吗？"

　　"赏嗨宁。"我第一次听上海话这么亲切，他乡遇故知果然是人生幸事之一。能用中文交流，感觉自己从一个哑巴又恢复了正常。

　　"我看见新闻了，慕尼黑有枪击案，犯罪嫌疑人还没有抓到，所以我们现在要等在这里？"

　　"嗯，广播说我们要等在这里，慕尼黑火车站戒严了，外面的车没法开进去。"

"那我们要等多久，他有说吗？"

"原话是，'两小时，或者更长，直到慕尼黑安全'，刚才列车员上来说车要在这里起码停两小时，直到抓到那个犯罪嫌疑人。"

"那万一一直没抓到，我们不是一直等在这儿？"万一敌人过于狡诈，一直不缴械投降，我们岂不是得在IC2267列车上生根扎营？当然后面的话我没有说，男子也只是对我笑笑，告诉我等着吧，现在让你去了也提心吊胆。我也没好意思告诉他我这人特爱凑热闹，平生最不怕的就是提心吊胆。

在车上等着实在无聊，两小时那得等多久，我从裤袋里掏出了中华，问他要不要来一根解解乏，就当缓解思乡之情了。他没有拒绝我，想着反正两个小时内火车也不会动，我们一起下了车。

欧洲铁路火车上是禁烟的。我们俩站在空旷的站台上，七月份的德国夜里还有一些凉，很难想象一百多公里外的慕尼黑市此时此刻经历着什么。相比于我，他更是平静，吞云吐雾间告诉我他叫Archer，射手座，名字就是跟着星座取的。小时候在上海长大，外婆带着他，国内读了几年书又去法国读了几年。因为外婆过世回的国，在一家跨国公司工作，常能回欧洲，算是怀旧。

"留法学生来德国怀旧，可还行？"我有心跟他开玩笑。他听懂了我的言外之意，也笑了起来。

"那些都是老故事了，二战都过去那么久了，而且我们也不是仇视日本的一切，谁还能少得了索尼和松下、石原里美和新垣结衣呢？"

话糙理不糙，石原里美和新垣结衣我都挺喜欢。之前有一次和刘局喝酒讨论到近代列强对我国的侵略，签的那些不平等条约，清政府大笔一挥澎湖就永久割让了。说到这儿刘局格外痛心疾首。我劝他说都是一百年前的事了，不至于啊，而且我们现在国力不是变强了吗，风物长宜放眼量。刘局拍了拍我的肩膀说你不懂，自那以后，新垣结衣可就成了日本人。

想到这里我会心一笑，但觉得可能不太礼貌，旋即收回了表情，新垣结衣，冲绳，移民，"所以欧洲人对移民怎么看？法国应该相对开放吧，我指的是移民政策。"我看足球，半支法国队都是黑人，难以想象这是个欧洲国家。

"你是看到新闻了吧。"他笑着熄灭了烟，"看起来法国社会很宽容，其实内心还是有歧视的。就说巴黎吧，巴黎分几十个区，其实也就是用价格把人种隔离开来了。我们近几年地位高一些了，但你如果装作是日本人，还会得到更多的优待。这也怪不了别人。"

我点了点头表示理解："这倒是，道德这种东西本来就是要求自己的。每个人在心里对于道德都有自己的衡量标准，现在不是有个词叫'圣母'吗，谁也不能以自己的准则要求别人。我一直觉得你心里怎么想是你的事，但表不表现出来就是涵养问题了。"

"你说的是一个方面，每个人的骨子里都有恶的成分，每个人站在自己的位置上为自己或者自己所在的身份阶级说话是没有错的。半年前容克不是在欧盟大会上说，每个欧洲人几乎都曾是难民，如果你抱着孩子，你的世界已经分崩离析，如果你逃离的是可怕的战争和野蛮，没有哪堵高墙你不愿攀登，没有哪片海洋你不愿穿越，大概就是这个意思。当时演讲的时候我在上海，周围的人听完都感动得稀里哗啦，在那儿骂德国法国不开放边境。但你要换种方式思考，我的家，我们家族努力了几辈子换来的福利资源，全民医疗，凭什么你一个异族人来了我就要分给你。你看看最早乘'五月花'号去美洲的欧洲难民，后来对美洲做了什么。对了，你脸上怎么了？"

说完他指了指我的脸，我右脸颧骨处贴了一块纱布。"这儿啊。"我还在消化他的长篇大论，一时没反应过来，下意识地摸了摸，那是我到欧洲的第一天，下了飞机直奔科隆。火车站外就是科隆大教堂，我那时在看手机，没注意一抬头，正面撞上了一处电线杆，眼镜玻璃碎进了颧骨，血流了半张脸。我当时都被震麻了，一丝一毫的痛感都没有。还是一个好心的德国妇女为我叫了一辆出租车，带我去医院。过程很顺利，倒是付账的时候跟护士纠结了一阵，我问她多少钱，她执意说不用付，搞得我充满愧意地离开了医院，毕竟我还照了他们的X光。出了医院我才知道，之前办签证时要求买的医疗保险已经打包了全部，不可避免地我想象自己是个外国人，去南京任何一个医院挂号、排队、各个科室之间穿梭。全民医疗确实方便实惠，我告诉阿彻。

　　"是，这就是欧洲人为什么不愿放弃，不舍得分享他们的土地、空气的原因。资源是恒定的，人数多了，平均到每个人头上的自然就少了。这就好比你开公司，5个员工你可以面面俱到，但是若是500个怕是名字都认不出来。如果难民大批地涌入，不可避免的各方面福利都会相应地缩减。新闻上是不是说行凶者有难民背景。当然我不知道事实真相，我的看法是其实未必，但脏水泼向了难民，某种程度也就说明了民众对难民的反感和抗议。站在不同的角度对他们都能理解，你也没法怪默克尔，也没法怪德国民众。"

　　我对理性的人有一种特殊的好感，在大部分的时间里不是点头就是抽烟。说话间我们已经抽掉了三根烟，男人间的友谊其实很简单，两三根烟就能将两人的关系升到一个新的高度。

　　肺满足了，肚子却叫了起来。我问阿彻吃过饭没有，阿彻指着站外告诉我，那儿有家subway，火车一时半会也开不了，可以一起去，他也有点饿了。

　　20分钟后，我们拿着三明治回到刚才的站台，烟蒂还静静躺在垃圾桶，月台上空空如也。

5

　　睡得晚，醒得早，起来还能容光焕发，倒是少有的事。

　　我在警局门口见的李sir，才8点半他给我一种等了很久的感觉，一副鞠躬尽瘁死而后已的面色，也不知道昨天晚上的会开了多久。

　　"钱老师。"他跑上来跟我握手，手劲还不小。

　　"警察叔叔。"

　　"别叫我叔叔了，担不起，你可以叫我李sir。"说完他指了指他的胸牌。

　　"李铁龙警官，那我可以叫你铁龙吗？"我成心跟他打趣，他的眼睛瞪圆了起来。昨天坐他旁边的女警不禁笑出了声，"李sir就李sir，那你要答应我，不要叫我钱老师了，你应该比我年长，叫我小钱或者墨痕都可以。"

　　"你不喜欢你的名字吗？"一来一回我觉得我们的关系已经拉近了不少，递给他一支苏烟。李sir接过烟放进口袋。"局里不让抽烟。"确定放好之后，他开始回答我的问题。

"名字只是个代号，无所谓喜欢不喜欢的。毕竟不是每个人都能有你这样的名字，墨痕。当然你别得意，我上大学那会儿班上有个小姑娘，姓于，名字很好听，人缘好，长得也水灵。直到有一天，电视里开始播放一个广告。在那以后所有人见到她都会来弹她的脑门表示亲热。她说她的名字彻底被这个广告给毁了，她叫于玮雯。"

女警在身后咯咯地笑个不停，李sir把钥匙从裤腰上拿下扔给她："别笑了小胡，去发动车，我们该出发了。"看来李sir真的很喜欢让别人去发动车。小胡小跑着走在前面，我们俩在后面慢悠悠地点起了烟。

"所以她是姓胡？"给李sir点上烟，我问他。

"福建的福，这个姓不常见，我知道想说什么。我是湖南人，没有口音的。但我们局长之前是福建人，我们拿这个开玩笑，'小胡'这个绰号就叫开了。"

我是一个青年作家，青年作家用老梗是一件很丢人的事。跟春晚相声似的，包袱抖出来只能逗乐台上的人。我不干这种事的，我特意写出来是因为李sir之后问我的话。

"墨痕，你是个作家对吧，你知道福尔摩斯，"他看了一眼我的表情，"你认识林纾吗？"

"林纾？"讲林纾可以从清末讲到现代文学第一个10年的文学论争。这是我的专业和饭碗，我问他提林纾干吗？

"你知道中国最早翻译福尔摩斯的就是林纾吗？"

我点了点头。

"按说福尔摩斯英文是Holmes，大概怎么翻译都翻译不成福尔摩斯吧。"

我沉吟了一会儿听懂了他的笑点，随着他的话大笑起来，确实是个高级的笑话。

"林纾老先生是福建人。"

等笑完我们都平静下来，我回他："李sir，你们局里有一位刘局吗？"

李sir职业性怀疑的眼神又呈现了出来，玩味地在我脸上转了一圈，没说有也没说没有，只是把烟在鞋底下熄灭了。李sir的反应让我自知失言，这时车已经开到了我们面前，我学着他的样子熄灭烟上了车。

死者死于江北浦口的一所中高档小区中，安保很好，进出门刷卡，大门一道卡，楼道一道卡，来访人员还需要登记。如果不是我们坐着警车，外来车辆还需要押上自己的行驶证。

死者死于他租住的第10楼。这栋楼总共12层，每层两户。因为小区靠近一所高校，小区的大多数住宅都被房产中介或是房屋经纪人租下，再作为二房东以单独小房间的形式转租给这附近的上班族和准备考研的学生。对面就是这样的情况，四间房间分别租给了两位考研的学生、一对情侣和一位上班族，他们共用一个厨房一个厕所，平时互相很少见到，更别提见到对面的邻居了。他们都有当晚的不在场证据，某种意义上说，他们都没有嫌疑。

其实问题很简单，类似这种中高档小区都该有录像，我把疑问向带领我们的物业公司经理提出。

"李队，这位是？"

"哦，他是我们刑侦B队的队长钱队长。"

"钱队好，"他把手伸过来，"是这样的，这儿的监控设备比较老旧，楼梯中每层的监控只能保存7天，7天之后之前的存档就自动被覆盖了。你们接到报警后第一次过来，当值的那位警官就向我询问过了。"

"那电梯间呢？"

"电梯间里用的是同一套系统。"

"不是吧，"李sir插进我们之间，"今天是21日，算日子来说今天才是第10天，我们第一次来应该正好是第7天才对。"

"这——"天气已经将近11月，南京的太阳下有的人还穿着裙子，有的人已经裹上了大衣。今天从北方来了一阵寒潮，但也不妨碍经理脸上的汗珠"吧嗒吧嗒"往下掉。

"我希望你能配合我们工作。"李sir的嘴里一字一顿地说出这句话。

对面这个40岁的男人有些难堪："是这样的，李队、钱队。我没有想骗你们的意思，因为经费的原因，我们楼道里的监控停了很久了，你知道我们物业这行也不好过——"

李sir挥了挥手示意他住嘴，不管他是不是刻意隐瞒，监控这条线都是断了。

整个小区很少有像死者一样一个人租一整间三室一厅的，看起来经济很是富余。死者已经租住了一年，这个月是一年的最后一个月，续租已经谈妥了，只是还没有签合同。现在出现这种情况，房东很是着急，不管是自杀还是谋杀，死过人的房子都很难招来新的租客。

小胡跟我们讲着已经了解到的情况，语速很快，条理明晰。

根据小区门口的监控录像，死者死前三天都没有出过门，死亡当日只吃过早饭，胃里的食物残留是当天早晨消化的麦片，同时也没有人与他见面。

"没人与他见面是怎么查到的？"我这次发问只是单纯好奇，但熟悉我身份的小胡自然没有物业经理这么客气。

小胡说："我们有小区内路面的监控，当天进入这楼梯的大多是这栋楼的住户，我们挨家挨户问过，没有人知道十楼住的是谁，当他们得知这栋楼有人去世时，第一反应都是惊慌和害怕，没人有羞愧的神色，他们的反应应该是真实的。"

"大部分？意思就是不是全部，还有人是谁？"

李sir的脸色不太好看，在小胡回话之前，我又插了一句，"三天没出门，他有自己做饭的习惯吗？"

"他没有自己做饭的习惯，应该是点的外卖。死者有清理缓存的习惯，但我们在垃圾桶里找到了外卖的发票，发票上显示的送餐人都很快离开了现场，不具有行凶的条件。至于死者死亡时段进出的其余外卖人员，由于涉及多家公司，权限我们正在获取，暂时还不能排除外卖送餐员与之的关系。"

李sir拍了拍小胡的肩膀，但话其实是对我说的。他说，尽量往深里查查吧，也算是给死者一个交代，趁现在时效没过。后面的话李sir没说下去，但我也明白，尸检说是自杀，自杀不会被当成刑事案件，没人会给自己找麻烦，过了时效这个案子也就不归警察局管了。我作为半个朋友想弄明白很正常，但我不理解他为何这么较真。

我们走了进去，对于单身公寓来说，100平方米算是很大了。第一轮搜证已经带走了大部分有用的信息，第二轮只是队长带队亲自过去看看能不能找到一些之前遗漏的蛛丝马迹。房间总体上来说很整洁，就是味儿大了些。

"已经好很多了，进了一天一夜的风了。"小胡递给我一个口罩，把更多的细节告诉我，"当时是二房东带人来看对面的房子，这边恶臭传过来，感觉不对，开门发现报的警。死者就是二房东发现的。我知道你在想什么，二房东有不在场证明，没有嫌疑。"

这样啊，我应付了一句。李sir带着他的人直奔阿彻的卧室，也就是尸体被发现的地方，开始搜查。那儿的味儿最大，我有点洁癖，没有一探究竟的欲望，加上总害怕一个三脚猫会给内行添乱，我只是在外面跟小胡小声扯着：

"那第一次搜证搜出什么有价值的没。对了，你这样告诉我，会不会违反保密条例啊，会不会犯什么纪律啊？昨天晚上铁龙不还说跟案情相关的不让我打听。"

　　小胡白了我一眼："保密协定？你想太多了，李sir把你带来不是让你参与办案，最多算个协助。充其量就是你身上嫌疑没了而已。"

　　"我身上的嫌疑没了？这是不是太随便了？"

　　"你少得了便宜还卖乖了，李sir的眼睛准着呢。"

　　仿佛是这句话迅速得到了应验，李sir从里屋探出头来略带不满地朝我们咳嗽了两声。

　　我们刻意压低了声音，聊的话题也尽量往案情上去，"你们查证一般都查些什么？"

　　"清理死者，寻找致死方式、凶器、指纹、体液。如果怀疑是他杀的话，还会观察日常用品有没有特殊的增减。"

　　"一无所获吗？"

　　差不多是这样，小胡告诉我，这个案子她认为80%是自杀，把一些疑点弄清楚就可以结案了，比如为什么自杀。加上自杀不属于刑事案件，就不用他们来管了。人家自杀还管人家为什么自杀，管得未免也太宽了。要不是李sir坚持，今天都不用跑这一趟。

　　这就跟我刚刚想的对上了，"没有指纹？"

　　"没有指纹，没有体液，没有鞋印，除了房东的。跟我们之前调查的一样。三天内没有人来过，垃圾桶除了三天的外卖食物以及零食包装袋没有别的东西。这里零食蛮多的，地震来了只要有水，在这里待个十天半个月的不成问题。"

　　"有安全套吗？"

　　我想起来他刚才说日常用品的增减，随口问了一样，小胡显然是对我询问的内容不敢相信，第一反应怀疑自己是不是听错了，做了一个疑问的口型。

　　"有避孕套吗？"我换了种更通俗的问法。

　　小胡狠狠瞪了我一眼，"有两盒，一盒冈本，一盒杜蕾斯，10只装，都没拆过。生产日期是去年10月，保质期3年。"

　　"怕是双十一打折买的，中国男人都这样。"我故意逗她，看神色她还没有结婚。已婚妇女对这些荤段子早该有了足够的接受度。没等到小胡反击，李sir从里屋走了出来，边走边脱下橡胶手套。

　　"给我讲讲死者的社会关系。"

　　"是这样的，"小胡立刻换了张脸，打开文件夹，"牛阿彻，男，35岁。3年前结婚，两年后离婚。没有子女，也没有其余的亲人。曾在某跨国企业做过高管，评价不低。年初辞职，传言要跳槽，但其实没有入职新的企业。"

　　"也就是说这世上唯一的亲人是他的前妻？给我讲讲他的前妻。"

　　"他的前妻叫宋立秋，也是上海人。牛阿彻是与前妻离婚之后申请调到了南京。宋立秋没有工作，离婚后牛阿彻每个月都会给宋立秋打抚养费，每月一日，从没有断过。"

　　"为什么离婚？"

　　"据我们了解，离婚是牛阿彻单方面向法院提起的诉讼，理由是感情不和。但宋立秋方面说牛阿彻是有了外遇，要求他净身出户，但因没有证据，法院没有判决。对了，宋立秋有个哥哥叫宋之，因放高利贷和组织卖淫，于一年前被抓获，判刑12年，现关押在昆山监狱。"

"宋之和宋立秋关系好吗？牛阿彻认识这个宋之吗？"

"这些我们还没有进一步了解。"

"看来我们有必要走一趟上海和昆山了。"李sir低头呢喃着，我手肘支了他一下，"我可以一起吗，我有好多知道的还没来得及说。"

"你？"李sir迟疑地看着我，这种反应很正常。跨省行动带着我这样一个闲散人员说出去总不好听。

"李sir——"里屋的一个队员跑了出来，手里拿着一沓信件，看外观已经有年岁了，但一直被保存得很好，"这是衣橱里几件HUGO BOSS的口袋里找到的。15年前的信件了。"

"谁写的？"

"15年前，署名是谷雨是吧。"我抢在小队员前面回答。

那个小队员茫然地看了眼李队，又看了看我，点了点头。

6

"我去！"

看着空荡荡的站台，我下意识地又想拿烟，半盒中华已经被我俩分光了。剩下的都在包里被远去的列车不知带到了何方。我把空烟盒扔在地上，恶狠狠地踏上两脚，仿佛这样就能跟孙悟空似的把土地公公踩出来，告诉我们这车去了哪里。

阿彻向我递来一支Marlboro，我下意识地摇了摇手，万宝路的口感过于清淡了，但我最终还是接了过来。我想起了刘局跟我说过，抽烟大部分时候不为了抽烟，只不过在不知道干什么的时候有个事做。

没有说话，我边抽烟边看着前方，前方只是笔直的轨道，无垠的旷野，天上一个月亮和挂在一百公里外慕尼黑上空的一个月亮，还有仍然亮着灯的subway。

一根烟还没抽完，小镇火车站台已经站上了两个背着步枪的德国兵。我们走过去，Archer慢慢悠悠，我性子急先向德国兵开了口。

"你好，我们想要前往慕尼黑，刚才说要停车，我们就下去买了吃的东西，回来发现，"我用食指和中指向下来回摆动，作出走掉的手势，"他们走了，但是我们所有的行李都在那辆车上。"

我拙劣的英语加上手势也不知道让德国兵明白了多少，他问我慕尼黑发生什么了。我这边都快急死了，你还问我知不知道慕尼黑发生了什么，要不是他有枪我都能跟他干起来。

Archer跟了上来，用更流利的英语把我要说的重新表达了一遍。德国兵点了点头，表示明白我们的意思，问我们是不是行李落在车上但没赶上车。是这个意思，我俩点了点头，然后他大步流星地带我们走去控制室。即使是个小镇，晚上8点多了控制室还坐着人，一番交流之后，工作人员问我，你们坐的车是哪一辆。

你们不嫌我啰唆的话，我还得介绍一下德国甚至欧洲的铁路系统。我特别想倚马千言地把故事一条线拉下来，但该说的还得说。

在欧洲一体化的大潮下，虽然各个国家有着各自的铁路公司，但因为持欧盟护照可以畅通无阻，不存在国境线上出关入关的麻烦，所以欧洲各国铁路公司之上还有一个更高层次的公司，叫作欧洲铁路公司。我不清楚各公司之间的利益是如何分配的，我只知道作为游客，他们会卖一种"天票"，买了天票，在指定的天数内你可以畅游欧洲。原则上你可以一天之内从马德里到华沙，再到罗马再回马德里，都不会额外追加费用。

大概是人与人之间有种天然的信任，欧洲铁路不会在进站口检票，所有的火车站都是开放式的，从站外一直开放到登车。同样也并不是每次旅程都会有人检票，但一旦发现逃票会予以重罚。

我说这些是说明我这几天来欧洲几乎都是直接在站台上找目的地，然后登车就行了。不用特别买票，手上无票，列车班次号于我无疑是个棘手的问题。我望向Archer，他朝我摊了摊手。

"The third one." 我告诉工作人员，20分钟之前停在3号站台的那辆，还好只是个小镇的火车站，一共只有4座站台，工作人员看了我一眼，然后开始在电脑上查询，用我听不懂的语言跟德国兵交流。几分钟后他的嘴里报出"IC2267"这几个单词。德国兵告诉我们所有的行李都在IC2267上，列车现在停在奥格斯堡，任何一辆车开过去第一个停的站都是奥格斯堡，那儿是一个小的中转枢纽。30分钟之后二站台会有一辆车进站，你们上车，那辆车会带你们去奥格斯堡。

我们向他表示感谢之后上了二站台，他重新与另一个战友会合，几秒后又跑了回来，隔着两列车轨向我们大喊，让我们别担心，行李肯定会在奥格斯堡，一定会找到的。

我也隔着两列车轨朝他喊"Are you sure"，然后看他点了点头。事后Archer跟我说我这句话其实问得不好，德国人即便不如想象般的那样严谨，但也不喜欢被质疑，更何况在男权尤甚的军队之中。

在二站台要等半个小时，头上的月亮就像被狗啃掉了一大口的烧饼。手上的三明治已经快冷掉了，我怕是没有天狗般的食欲。坐下来之后我开始清理思绪，我和Archer各自有一张银行卡，活下去问题不大，重要的是要找行李。Archer的手机落在包里，我的手机只有35%的电。但好处是我们的护照都在身上，再不济我们也可以找中国领事馆然后回到故乡。

我把屏幕亮起又锁上，8点34，这个夜晚不知还有多久才会结束。一张姑娘的脸转瞬即逝。Archer轻推了我一下，"女朋友？"

"不是，妹妹。"我看Archer对着我坏笑，自我修正，"差不多妹妹，闹着玩的。"这是我读博的一个师妹，长得显小，老是缠着我换她的照片当背景。二十大几的人，谁还玩认哥哥妹妹的游戏。

"长得挺好看的？"Archer又点上了烟，"还在追吗？"

"真的不是，关系挺好而已，师妹。我从不向师妹下手，跟师妹在一起我总感觉像乱伦。"我朝他笑。

"你还在上学？"

"今年毕业了。"

"上学好啊，上学的感情单纯。有些问题只能对学生时代的爱情问，比如你相信日久生情还是一见钟情，进入社会就变成爱情和面包的选择了。两个人的面包直接放在秤上称。不合适就散伙，谁还管爱情的多少。而且人又都贪得无厌，按说有面包就不错了吧，有人要羊角面包，有人有了羊角想要法棍，有了法棍又想要榴莲千层。"

男人谈论起爱情就变成了孩子，在这样的夜晚，两个30上下丢失了行囊的孩子，在异乡小镇上聊天是一种别样的风景，我有心把氛围弄得活跃些："进了社会也可以问是不是日久生情啊。"

Archer对我露出了男人间谈天特有的温柔，"你呢，你相信什么？"

"我？我都不相信。"

我的意思是我不相信爱情，Archer没有顺着我的话说，"相不相信是一回事，有没有是另一回事，难啊。"我看他叙述的欲望起来了，给他把烟点上。

他深深吸了一口，烟从口腔笔直穿进肺里，他说我跟10年前的他一样。

7

每个人都经历过这个阶段，你肯定也是，不然你说不出不相信爱情的话。你叫什么来着？哦，墨痕，好名字，墨痕，你说是吧。

10年前，不对，15年前，那时候我上高二，喜欢上了我们班坐我前桌的一个姑娘。每天上课能闻着她的发香我觉得是一件特幸福的事。那阵子连我外婆都不知道从来都迟到早退的我，怎么就会上学一天比一天早，回来一天比一天晚。

那个姑娘叫谷雨。我们那所高中不是特别好的中学，大部分上了我们学校的都不想着清华北大了，准备随便上个上大、上师之类的本地本科算了，谁也不想学。我也一样，我从小外婆带着我，管我。小时候管得住，大了也不听了，但那阵子外婆一连几个月都没接到班主任打来的告状电话，还当我是到了懂事的年纪。不过那时候我确实也不大跟弟兄们溜出去抽烟打牌上网了。只要谷雨在教室我就在，学什么不重要，重要的是跟她一起学。

几个哥们儿跑过来跟我说，喜欢就跟她说呗，被拒绝也没关系，男人不能靠着脸皮过日子。我当时没想这么多，也没指望有什么结果，我想就这样陪着她，就挺开心的了。有时候风吹起来，头发抚在我的脸上，还会有万条垂下绿丝绦的感觉。我那时候私底下想的最过分的就是晚上抱着谷雨睡觉，穿不穿衣服都无所谓，重要的是什么都不干，就抱在一起睡觉。我做过最过分的事也只是在她背后给她写情书。多则几段，少则几行，每天都写，但我从来都没给她看过。那个时候，足球、港片、诗歌，甚至灌篮高手在我心中的地位都呈几何倍数降低。我觉得我之前我奉若神灵的东西，都不能代表我的青春。我只有一座神灵，只有谷雨是我的青春。

高二结束前的一个月，班主任换了一次位置，我从倒数第三排调到了第一排。我们学校新来的校长是我外婆曾经的学生。外婆看我重新变成了可塑之才，想在高三之前推我一把。这一把下去，我对学习的乐趣全消失了，但第二天谷雨便对我表白了，墨痕你知道有些时候就是这么的奇妙。之后我们就像是每一对高中生情侣一样，在不被老师发现的情况下尽可能多地腻在一起。我们常常在放学后刻意一前一后走出教室，离开大家视线之后立刻又搂到一起。我会在公交站台送她回家，我们说好了下一辆502路来了就送谷雨上车，可是每一辆车来的时候，我们都紧紧抱着不肯放手，想着下一辆，下一辆一定走，就这样等来了无数辆，又放走了无数辆。在无数个夜晚，我回家无比得晚，外婆将桌子上的菜热了又热，但好在是高三了，学业紧，也好搪塞。那时的我们就像冬眠的小动物一样，盼着高三能长一点，再长一点，盼着春天能来得慢一些，不要那么快把我们分开。我高三那年其实过得一点都不苦，偶尔的烦恼也只是爱情中的烦恼。

墨痕我知道你想说什么，你想说我扯远了，你想说我们讨论的不是相不相信爱情吗。你问我为什么一个劲儿讲美好的情史？我知道逝去的爱情就犹如隔夜的菜，不好吃不好闻。你别急，我还没说烦恼呢，这就来了。

很多朋友都认为我们是幸福的一对，但凡事都有多面性，可外人大多只能看到向着阳光的那一面。谷雨是个敏感的人，当然这也正常。我是她的初恋，但她不是。哪怕我心中早已把她当作初恋了，但她不会这么看。其实什么样才算是恋爱呢，说"我们在一起吧"算吗，还是上了床才算，你看相亲节目上那么多嘉宾，都说自己只谈过两三段恋爱，这得是怎样的两三段啊。

刚开始高三那一年还好，或者说刚开始自己还能忍受。第一次正儿八经地遇见如此喜欢的姑娘，觉得她怎样都好。她喜欢白天说明胸怀坦荡，她喜欢夜晚说明她别具一格，遇上什么事心里转几个弯都能带上谷雨夸一顿。她什么都好，除了疑心重。但这也不能怪她，一来是女生，二来我那个时候初中不懂事，爱玩。不是我吹捧自己，你看我的样子能看出来我十几年前也不缺姑娘的青睐，那个时候姑娘围着我转，我牵过手也亲过嘴，但一个都没往心里去。这些话我跟谷雨都说过，我没跟她隐瞒什么，但她从不会相信，还会拿这些当作吵架时攻击我的武器，会纠缠在这个问题上没完没了地闹。但都无大碍，高三升学压力大，吵架也就当解压了。每次吵完架看谷雨哭着跟我说，她希望我的每一个第一次都是她的，每次想到我的舌头和别的女孩纠缠在一起，她就控制不住自己的手。那个时候我都会特别心疼，同时也特别内疚。

　　人们常说对的时候遇上对的人，这句话真挺重要的。现在回头看看，谷雨真是个特别好的姑娘，特别适合过日子。我也不是个坏人，但就是没在正确的时间遇上。墨痕，你别笑，我说得矫情，但理是这么个理。现在人到了我们这个年纪谈个恋爱上个床，别说之前谈过几个对象了，就算不是处女，男的不高兴，女人的反应也不是内疚，而是"天呐，我不会遇上了个雏吧！"这种事也就十七八岁的男孩女孩之间会吵，但还真的因为这个事毁了我们的关系。你别打岔，听我继续给你讲。

　　之后就是高考和大学。我们猜到不会在同一所学校，但一直以为最多一个在浦东一个在浦西。她发挥不错，去了浙大。我本可以去浙师，但因为外婆不允许离开上海，我的分在上海只能去上师，异地恋在所难免。我想的还好，也就四年，杭州离上海400公里，动车也就两小时，但谷雨不会这么想，400公里使每天的情话经过风吹日晒雨淋仅剩下争吵，甚至每天穿什么衣服都能闹到分手的地步。开始的时候我总是安慰自己，不过四年，弹指一挥就过去了。只不过后来，年份在距离中显得越来越可怕。4年变得像40年，400公里像是40000公里，而我们只是恐怖数字的两个端点。

　　每个男人的生命中都会有一个他认为是春天的女人。你问我的话，严格意义上谷雨应该算。但你知道春天并不尽是美好的，而且有些地方是没有春天的。墨痕，你是南京人对吧，在南京上过学也算半个南京人嘛，听口音就听出来了。我在南京住了一年了，比方说南京就是没有春天的，你懂我的意思吧？

　　你懂我的意思。我们到了这个年纪，身边人这辈子的恋爱都该谈完了，这个年纪的人多多少少都能算感情专家。我虽然理科出身，自己的问题也弄不透彻，但10年前二十四五的时候，也会有人问我对象出轨了该怎么办，说我还爱着他，能不能原谅。那个年纪的我还不懂什么人情世故，只会凭着自己的好恶来建议别人。其实他们向你征询意见的时候，心中早就有了答案。他们只是想看到自己的答案为更多人所肯定所应和。大一点了我便不再给别人主观性的意见了，我会跟他们说，原谅一个人其实不难，难的是你还有没有办法再去相信。墨痕我跟你说这不是出轨的问题，这是信任的问题。

　　在异地恋中最大的困难是什么，感情？距离？经济状况？这些都不是问题，最大的问题是信任。上大学前的一个暑假，谷雨总在转发一些负能量的帖子给我看，写着什么"难过的是我痛经的时候，你只能在电话的那头跟我说一句'多喝热水'，而他能亲手给我递上一个热水袋。""生病的时候，我希望看见的只是你，而出现的永远是他。""最大的痛苦大概是心中有万般想法却最终无能为力吧。"这些帖子的逻辑很奇怪，但我又没办法用我的逻辑说服她，没办法告诉她我们就苦几年，之后都是好日子。不跟她说她会觉得我没有主见，说了她又觉得我偏激。所谓的三观有差异就是这样吧。不过这也只是大厦崩塌的一个因素，重要的还是信任。

在一起三年，说她从来没有信任过我可能有点过了。毕竟谷雨把她一生中最美好的三年都给了我，就算分开了，我也没什么好抱怨的。但大学两年在一起确实信任少了很多。我们两个星期见一面，见面的第一件事便是翻看我的手机。一开始还好，翻不出什么东西能安定一段时间。后来便是不依不饶，谷雨笃定了我有什么隐瞒着她，在手机中翻找不到她想要的东西会像打赌输了的小孩子一样恼羞成怒，之后又是漫无边际地争吵。

我们都从大学过来，都知道大一大二除了学业便是社团。我在师范学校，周围八成都是女生，在谷雨那儿便炸锅了。她知道不可能断绝我所有的社团活动、班级活动，便对我的每一件事，身边的每一个人都了如指掌，甚至很长一段时间连我的社交工具都是她在使用。而我的社交活动只有她认为非去不可的那几种我才可以去。

墨痕，你也是男人，你知道完全按谷雨想的去做是不可能的。当然这也怪我，从来就没有给过她安全感。我们成天成天地争吵，和好，再争吵。吵得最凶的那段时间她曾跟我说过一段话，她说，Archer，我给你的爱被我装在一个大箱子里，装得满满的。但每一次吵架，吵完我都会跑去箱子里看看，看着我的箱子还在不在，箱子里的爱还在不在。看到箱子里还是满满的我就能安心地睡个好觉。可是你不知道，每次打开箱子，我的爱就会溢出一点点，我好怕，我好怕哪一天我再打开的时候，我的箱子就什么都没有了。我能说什么，我还能做什么，也不是我愿意吵的，有时候在吵累的时候，连心疼都不再有了。

你问我异地恋最大的感受是什么，你们学中文的不是有句话叫"所爱隔山海，山海不可平"，还有什么"同心而离居，忧伤以终老"，你看古人把我们都说到了，其实那个时候，我们也知道像我们这样，99%都会阵亡，但在没有踩到地雷之前，都认为自己是侥幸的1%。

后来为了避免无谓的争吵，一些事不得不瞒着她做。未必全是坏事，本来也无所谓她知不知道，但她知道了可能会生气，便一概瞒着她了。到了最后，我们的争吵越来越少，彼此的手机越来越干净，隐瞒的事实也越来越多，我们彼此都知道故事该结束了。我们的列车到头了，该有人要下车了。我们的感情早已经变质了，两人在一起的基础从爱转而变成了欺骗。两人折磨彼此的够多了，但碍于习惯和脸面，谁都舍不得先开口，先迈出那一步。

对了，我还有件事没说，墨痕，你家庭该是很幸福吧。我从小没有父母，外婆带我长大。但不知为什么，谷雨特别不喜欢我外婆，甚至会吃我外婆的醋。我每次回去看我外婆，她都会不开心，然后找别的理由跟我闹脾气。外婆是我唯一的亲人，我做不到为了一样去放弃另一样。

在大二最后我们还是分开了，她提的。当然其实谁提不重要，她开的口也好，让我的内疚少一些。我一点都不想对不起她。

后来很多年后的一天，我再去到杭州，我们不出意外地偶遇了。在西湖旁的外婆家吃饭。谷雨哭了出来。谷雨从来不是个爱哭的姑娘，印象中那是她第三次哭。上一次还是我们分手那天，她给我做了一桌菜，我们安静地吃完，抱在一起哭了很久。

30多岁的人还说这些，怪难为情的，不提也罢。还有5分钟要到奥格斯堡了。墨痕，我们准备下车了。

8

"当年"这个词，它有一种魔力，当你稀松平常说出时，代价是仓皇划过的时光。

最近刚开始写一篇小说，开头还没写完，李sir的电话就打了过来。说是让我跟着他一起去上海、苏州一趟，带上衣服，可能当天回不来，看来那天谷雨的故事作用不小。

10分钟之后我上了他们的车，一辆公家牌照的帕萨特。小胡开车，李sir坐在副驾驶上，他们俩的便服显得我的正装不伦不类。

"哎哟，结婚啊，作家。"一上车小胡朝我打趣。

"我们去办案，严肃点，开车了小胡。"小胡一脚油门下去，帕萨特缓慢地离开秦淮河往黄浦江开。上高速之后，李sir开始讲这次的任务，他说阿彻的亲人已经离世，外婆住的楼盘拆迁后建了新的小区。阿彻一年前工作的公司因为人员流动频繁，对阿彻有印象的老员工屈指可数，他已经安排上海那边问过了，回答是阿彻这个人深居简出，除了工作方面别的一概不知。工作方面倒是认真尽责，能力很强，3年之内连升3级。若是不离职，可以往上升到分公司副总。但每个人都有自己的选择，大概这就是命吧。

"这两条线都断了，还存在的线索就是他前妻。从时间上算，他离婚后主动净身出户，然后调去了南京。他前妻那儿我们应该能得到一些有用的线索。对了，墨痕，他前妻的事阿彻有跟你说过什么吗？"

"他前妻叫宋立秋吧，上海人，好像是相亲认识的，就这样。"我含了一半，我对人有天生的不信任感，兔死狗烹的道理谁都懂。可能没有那么严重，但我还想在案件中待得更久一些。现在不是最好的时候，聪明的人知道什么时候说什么话。水平常喝是解渴，关键时候就是救命。

"这样啊，那我只有见了之后再看了。小胡，外卖查得怎么样了。"

"查过了，送餐的几个我们都询问了，没有问题。他们都没有与死者进行过额外的接触。"

"谷雨那边呢，杭州方面联系过没？"

"谷雨已经结婚了，孩子7岁。现在在杭州一家外企当部门经理，这一个月一直很忙，没有离开过浙江，据她说她有三四年没看见阿彻了，得知这个消息后她很震惊和难过。"

从南京的上海路开到上海的南京路需要四个小时，之后他们开始聊一些鸡零狗碎的小案子，不再询问我的意见。人要是没有信仰，一辈子困在其中也是一件痛苦的事。我闭上眼睛，睡了过去，再醒过来时车已经过了苏州，从沪蓉高速转上了京沪高速。眼前出现错综复杂的高架高楼，上海从抽象的概念一下子被推到眼前。

看我醒了，李sir转过头来给我递了一支黄鹤楼。进了城区路便堵了起来。李sir点上烟摇下车窗，告诉我等会上去，我充当记录员的角色，尽量少说，有疑问可以提，但要尽量温和，考虑到对方身份的特殊与敏感，"万一吓到人家，很多细节掌握不到，就给我们增加了难度。"

我点了点头向李sir表示我理解，谁前夫死了不担惊受怕，更何况警察还查到家里来了。道理我都懂。

还有，李sir把我当一个将出远门的小孩子般叮嘱，宋立秋和我们年纪相仿，代沟不大。但要注重礼貌，不要盯着人家的脸。

我向窗外吐了一个很大的烟圈作为回应，烟圈没有立即消散，反倒跟着我们在高架上行进。我透过烟圈看这个城市的人，他们都被笼上了一层薄纱。如果一定要说，我觉得在路上的时候人们是最可怜的，很多人不知道目的地是哪里，自己终究要干什么，少部分清醒的也很难到达自己想要的终点，世上的人大抵相似。烟圈一直跟着我们到宋立秋家楼下才消散。

房子100多平方米，在这个地段算是豪宅了。很整洁，看得出来有特意打扫过。家里不常来人，三双拖鞋都拿不出来，我们全部需要换鞋套。看起来是单人居住，洗漱以及生活用品都是单人份。宋立秋对我们异常有礼貌，近乎恭敬。李sir问什么，她答什么，声音很小。但问题以及答案都没有出乎我的意料，无非是他们结婚几年，因什么原因离婚，离婚后有没有再见面，有没有孩子或者别的共同财产以及财产分割。信息乏善可陈，除了满足人的好奇心外没什么作用，而且主要是满足李sir和小胡的。宋立秋倒也没撒谎。我不愿把注意力全放在对话上，便去观察屋内的陈设。三室一厅，除了主卧开着门，别的两个房门都紧紧锁着。宋立秋不是嫌疑人，我们也没有理由让她把锁着的房间打开给我们看。敞开的空间就再没什么了，打扫得很干净，几乎没有什么琐碎的东西。百无聊赖间我再把视线转向宋立秋，她画了一点淡妆，挺清秀的一张脸。

我们行将离开那间住所的时候，李sir给她看了手机上的一张照片。看的一刹那她的表情不自然地僵了一下，仿佛有点尴尬，又有点无措，但也只是一瞬间而已。李sir没多问什么便带我们告辞离开了那里。

上了车摇下车窗，我和李sir一人点上一支烟，我随口向他抱怨，说这个女人隐藏的东西太多了。

李sir扬起了眉毛："怎么个多法？"

"她知道我们要来，刻意将家里全方位打扫了下，或者是布置了下，几乎把所有的都掩盖住了，我们还看什么。而且说一年多没有男人来过这里，我不信。"

"你这是什么意思。我们女人还离不开你们男人了？30岁怎么了，离开你们就活不了了呗？"小胡从年龄上也近30了，类似问题上很敏感，一点就着。李sir看苗头不对，及时转移了话头。

"也不好这么说，如果是精心布置的现场，她刻意留下的是她想让我们知道的，而精心布置之后还遗忘在现场的则是我们真正要关注的。"

"李sir，这么说你已经有想法了？你怎么看宋立秋。"

"我不急，我还从没跟作家一起办过案，先说说你的想法。"

"行，我就说说。"我鼓足腮帮子，吸上了这根烟的最后一口，"首先她一直表现她是一个人住。三室一厅一个人住在上海未免也太奢侈了。我知道是阿彻留下的房子，但是父母呢，没有把父母接过来吗，一个人住这么大的房子应该会冷清吧。还有，她没有工作，所有的生活全靠阿彻的抚养费。小胡，我没有别的意思，人活着即使不为男人女人，不为爱情，但也不能只停留在吃饱穿暖吧。之前你们说，宋立秋女士唯一的消遣爱好是韩剧，这对于一个生活在城市中的女人，精神需求是不是过低了些。"

"低什么呀，她不是还有他哥哥吗？"小胡插了一句嘴，我停下来，李sir从这条开始回应我。

"不错，你说得很对。她哥哥的事我们一会儿说。据我们所知，以及邻里反应，宋立秋确实一个人住，但也不排除她刻意掩饰的可能。若是她掩饰也可以理解，有了妍头，日常生活还靠着前夫，多少有点说不过去。现在阿彻死了，她公开非单身状态会不会招来不必要的麻烦。站在她的角度上，这些都是可以理解的因素。关于宋立秋的社会关系刚刚从上海方面传过来。她是上海人，专科毕业。小学时父母离婚，母亲改嫁外地，法院把她和她哥判给她爸，但关系很差。据邻里说，高中时候她哥和她爸断绝父子关系，成年后没有来往。她毕业后在朱家角开过一个饰品店，做旅游生意，是她哥赞助的。但经营得不好，与阿彻结婚后就转手了。这大概能解释了为什么一个人住。"

"可是李sir，你不觉得她过于害怕我们了吗，这只是调查，又不是审讯。"

"这就更好解释了，现在家长教育小孩都是'你再调皮，就让警察叔叔把你抓起来，'我们对于这种害怕已经习惯了。再说这个社会，谁真正是干净的，看见警察突然登门，谁不害怕？就拿你说，你还记得那天我们去你家你的表现吗？"

我有些尴尬，前座两人都笑了出来。李sir及时刹了车，"不说这个，说正事。墨痕，你觉得宋立秋有嫌疑吗？"

"即使不是她，她身上肯定也瞒着什么不想让我们知道。"

"这是肯定的，有谁愿意百分百向别人公开自己。小胡，你的看法呢？"

"我不好说，还要再看看，李sir你呢？"

"从现在的信息来说，我认为她是干净的。"

"干净？"我有些不愿意相信一个做了10年的老人民警

察，就这样从嫌疑人中排除了我，又排除了她。

"墨痕你想，宋立秋没有动机啊？"李sir看了我一眼，我两个眼珠咕噜咕噜在转，"阿彻死后她的经济来源就断了。我们业内一直说看一件事谁是事后的主谋要看谁是这件事的既得利益者。在这件事上，宋立秋不仅算不上得到利益，怕是还有很大的损失吧。而且阿彻有写遗嘱，遗产前妻是获得不了的。"

这件事我知道，几年前阿彻最后一个亲人过世之后，他就把遗嘱准备好了，全部捐给外婆最后一段日子住的福利院，他在慕尼黑跟我说过。"那我们白来了？"

"这倒也不至于。"李sir笑着向后面递来手机，手机上是一张照片，就是宋立秋看后情绪波动的那张照片。照片是她和另一个男人的合照，男人微微侧身偏向他，这在心理分析中是依靠的表现，背景就是我们去的那个家。那时的宋立秋还是短发夏装，起码是去年夏天。屋子没有现在这么整洁，桌上摆放着很多女性化妆品，不知照片拍摄于与阿彻离婚前还是在那之后。但看起来宋立秋与这个男人关系不一般。"这位是？"

"宋立秋哥哥，宋之。"

原来这就是他哥哥，我有些失望，刚刚的推理全部落了空。如果是亲哥哥，一切都可以解释得通。李sir没有管我继续往下说：

"这张照片是宋立秋朋友圈中的一条。阿彻的手机被我们破解后，我们看了他的微信，他的微信只有零散的几个人，这张照片发于半年前，那时宋之的一审判决刚下来，判了12年，宋立秋发了这张图的朋友圈。我特意拿出来是因为这张图在阿彻手机中有缓存，就是点它不用加载可以直接阅读。考虑到阿彻这个人有清理缓存的情况，说明死前打开过这张照片，我推测里面一定有蹊跷。我们给宋立秋看的时候，她也有明显的紧张，这张照片拍摄于离婚后不久，而拍摄完几天宋之便被抓了。宋之身上可能有什么信息，我们可以试试。"

"宋之现在在哪儿？"

"关在昆山监狱，是我们的第二站。今天晚了，我们去找个地方住下来吧，明天一早上我们去昆山，从这儿开过去一个小时就能到，我也好跟监狱方面提前打个招呼。"

算是有点眉目，大家都挺放松的，李sir提议去喝两杯。"找战友吗？"我问李sir。我特别害怕到时候整一桌都是我不认识的人，一起喝酒，觥筹交错，到时候再介绍我是钱队长，多尴尬的事。

"不是，去酒吧喝两杯，算我请。"李sir告诉我他也怕应酬，一般不轻易找战友。

说去酒吧，就像听到了要回家一样，我燃起了一点兴趣。但几秒后他说出酒吧名字之后，一点点的欲火迅速被扑灭了。酒吧不分等级，但分种类，有那种放着舒缓音乐，把月光装在杯子里喝酒的；有那种满场都是动次打次，进去就是为了把舞池掀翻的；还有那种在里面可以谈生意甚至可以吃上pizza和牛排的。李sir说的那里叫"致青春"，一看就是第三种类型的怀旧酒吧，我以前跟着一个亲戚去过一次，之后就种下了深深的偏见。

跟没去过的人很难描述那种景象。一群三四十上下的老男人，在酒吧霓虹灯的照耀下，听着《光阴的故事》喝着酒流着泪。完了一边抽烟一边勾肩搭背说着自己初中高中时怎么威震四方，聊着青春回不来了还嚎一嗓子"就请你给我多一点点时间再多一点点问候，不要一切都带走。"完了还拍小视屏发朋友圈，还要互相叮嘱说别忘了屏蔽我老婆，我说了陪客人才出来的，一瓶酒没喝完就拍拍彼此肩膀说要回去了，晚了老婆该打电话催了。这哪里是新时期年轻人去的地儿？

当然这些我都没跟李sir说，我借口一个稿子催着要交，回了宾馆。这句话倒也不算是完全的假话，我最近在写一部小说，需要大量的素材积累，这段日子刚刚好。

后来他跟着小胡追忆青春去了，当然他们也不只是追忆青春，那个酒吧是阿彻在上海最常去的一个，而这我也是第二天才知道。

9

我睡得不好，闹钟响起的一刹那，整个大脑像木棍搅拌糨糊，糨糊没有拌匀，木棍也拔不出来。

我写完稿子10点就睡下了，李sir是晚上11点回来的，12点关灯入睡。12点倒不算晚，但担心失眠的焦虑困扰着我，想着李sir都回来了，我还没入睡。压力越大越睡不着，加上认床，半梦半醒一直到天亮。

监狱方面约的是10点。8点就要起来了，上了车我还是迷迷糊糊的。"没睡好？"今天是李sir亲自开车，小胡从副驾驶向后面扔来一瓶矿泉水。

"有点认床，失眠了。你们昨天玩得如何？"

小胡看了李sir一眼，李sir点了点头，然后小胡开口，"'致青春'是阿彻生前最爱来的一家酒吧。"

"什么，阿彻也去酒吧？"我印象中他给我讲述的是一个个青春纯爱残酷伤痕故事。虽说人不可貌相，但你一定要把郭德纲和文艺青年联系在一起，我一时还真接受不了。

　　"是，但是没有卡座，没有舞池，类似于清吧，比清吧热闹一些。那边放着20世纪八九十年代以及21世纪初的音乐，目标人群差不多都是70后80后这些吧。各人喝各人的，很规矩。"

　　"很规矩"3个字从小胡嘴里说出来莫名的喜感。年纪来说她跟我相当，但我的女博士同学都比她要松弛。但看看刘局和李sir，又不能单纯地把这些怪罪到这身警服上。

　　"所以，"我喝了口水，"我们有什么收获吗？"

　　"几乎没有。老板做得很大，这里只是其中一家，值班的经理经常换，对阿彻没有印象了。只有一个做了三年的老服务员，跟我说别人来的时候都成群结队呼朋唤友，阿彻就他自己，一次只喝两杯，坐上一个小时，喝完就走。喝酒、听歌，也不跟别人聊天。"

　　"也没关系，我们本来也没指望在酒吧那儿能有什么突破口，主要还是看宋之那边。"李sir方向盘向左一打，上了高架。

　　但小胡没有停下的意思，我有点想在车上补一觉，但晾着她又不太好，也只能强撑着精神听她说。

　　"不过现在'致青春'的生意差多了。听那个老服务员说之前阿彻常来的时候，天天晚上不到10点就满了。8点临开门之前还能排上一串的队。别的酒吧还要挂上什么'女生免费'的幌子，'致青春'根本不用。那时候每天晚上都有三四个驻唱歌手轮流上台。"

"后来怎么就败落了？"看她有聊天的欲望，我顺着她的话问下去。

"后来死人闹鬼了。"

"什么？"我来了兴趣。

"别瞎说，你可是一名人民公安。"李sir打断了小胡，"去的人都不年轻了，有一天有个哥们儿在喝酒时犯了心脏病，没救过来。主要顾客群都是那个年龄段，完了人人自危，生意也就下来了。"

"那李sir，昨天我睡的房间，你有没有觉得奇怪？"我看小胡对牛鬼蛇神方面有兴趣，我有心把话题往这块儿带。

"你是说走廊尽头的房间会闹鬼，不能睡是吧！"

车已经上了高速，基本上匀速往前开。

"你是因为这个没睡着？"

"不，不是因为这个。李sir你也听说过这种说法？"

"这种说法还挺普遍的吧，我是湖南人，我没跟你说过？"

湖南人，我上初中那会儿，我们语文老师给我们讲《离骚》，就跟我们说楚人重巫术，重淫祀。

"所以人民公安可以信这个？"

"人民公安要重视证据。"李sir玩笑般地回应我。小胡插了一句嘴，告诉我李sir可有一个精彩的故事，他有朋友被鬼上身过5年，也不知道是不是"我有一个朋友系列"。李sir

瞪了她一眼，我的兴趣彻底被点燃，撺掇李sir开口。驾驶过于无聊，李sir自己也有叙述的欲望，假意推脱了一会儿，开了口——

我朋友是湖南益阳人，在长沙和常德之间，开车去往两地都只要60分钟，靠近湘西，风俗什么也相近。

1996年、1998年长江发过两次大水，大部分人都经历过，那时候电视成天在放"你是谁，为了谁，我的兄弟姐妹何时归……"，之所以宣传得那么壮烈，是因为那两次水势真的很大，灾情也很大。

那年朋友14岁吧，1999年。说是初一，朋友家住在城里，没有寄宿，每天要赶着去上学。春天的一天，那天眼看着要迟到，朋友拼命往教室跑，在走廊上隐约觉得有一团比朋友矮的幻影朝我迎面过来。一方面睡得迷迷糊糊，春困嘛，另一方面初一那个班主任特别凶，迟到的话会挨好一阵的骂。朋友只顾着走，也没刻意避开，那团影子还真就从身体里穿过去了。当时也没觉得什么，也不疼也不痒，穿过去也就穿过去了，朋友还以为自己没睡醒。

发现有什么是在一个星期之后，他妈有次在晚饭时问他说，儿子，你最近睡觉热吗？当时朋友一想现在3月啊，按学的诗词来说不是"乍暖还寒时候，最难将息"。断然不至于热，他就回说，妈，我是不是踢被子了。他妈说这倒没有，只是第二天叠被子，被子总是湿了一大片。我起来就帮你晒干了。你热，流汗的话要跟我说啊，我给你换条薄一点的被子，这样捂着会感冒的。朋友回了声好，从那以后朋友自己慢慢也开始重视起来。

"李sir，你朋友这是不是贾宝玉梦游太虚幻境啊？"我插嘴道，"什么？"李sir没能立即反应，小胡捂嘴笑了起来。

"若是太虚幻境，晒怕是晒不干呢。"

"去你的，想不想听了。"我忙摆摆手，您讲您讲，我不打岔了就是。

之后朋友开始注意，早上起来床单被子都会湿，但看不见水迹。白天上课，要是不出去上厕所，在座位上坐一个上午，脚底下那片水泥地会是阴的。你们知道阴是什么样的吗，就是往地上泼一盆水，抹平它们，地上没有积水，但都是潮的。你说小孩子在教室里上课，脚底下怎么会潮呢，脚汗也不能越过鞋子吧。

朋友还挺害怕的，可能也有心理暗示的存在。我们都是受过高等教育的人，这种事不发生在自己身上永远也不会相信。朋友说那个时候每天一到9点，就能感受到那个东西来到了身边，坐在床上或者站在身后看他写作业，只有他自己能感受。从那以后的5年，朋友再没有关着灯睡过觉。也是因为这个，朋友几乎没有过叛逆期。

后来他父母背着他去下面一个县找一个神婆，就是《小二黑结婚》里面的那种神婆。这在湖南有群众基础，改革开放之后，吃这碗饭的都慢慢把饭碗捡起来了。那个老太太在方圆百里都很出名，说是很灵验。他父母把生辰八字给她带了过去，看她翻白眼算了好久，然后说了一个日子，那个日子恰好就是朋友迟到的那一天。朋友迟到的那个日子没跟第二个人说起过，从那一刻开始他信了，凡事只要自己相信了，别人再怎么想说服，也就难了。

之后那个神婆给了一张符，让他贴卧室门上。贴上之后，前六天相安无事，等到第七天早晨，符从中间裂开，第七天晚上又开始像从前一样。

"那你再来一张符呗。"

"不行，符破了说明法力不够，再求也没有用了。要换别的办法。"我有青海的朋友，给我讲过类似的故事，常识方面我比小胡多一些。

"墨痕说得不错，神婆告诉他妈说，魂灵是一个8岁的小女孩，死于1998年的大水，所以她在的地方都会出现返潮的现象，需要一个肉体才能重新投胎。因为年纪小，她投胎的欲望特别强，怨念也特别强，神婆也无能为力。他们家后来还试过很多方法，甚至包括搬家，都没有用。"

"搬去哪里？"

"去益阳另一个区，五行主火的一个房子里。"

"那是你朋友搬家的地址不对。他要是搬到塔克拉玛干沙漠去，就不再湿了。倘若再湿，就让他在那儿植树造林建造绿洲，还为社会主义现代化做了贡献。"大概是看李sir严肃起来讲故事特别有趣，小胡和我不停地找机会调侃他。

李sir没有理我们，车缓缓驶入昆山监狱的停车场。停车场很小，车也不多，基本上都是上下班公职人员的车。熄火，拉手刹。

"我先说完吧。"

"后来怎么解决的，还是现在——"我含着没有说。

"后来啊，我朋友是家族里最小的，我们湖南那儿祖宗牌位都放在老幺家供奉着。实在没办法了，在他高三那年他们家把祖宗牌位都烧了，把灰洒在朋友房间地上。搬出祖宗来才震住那个魂魄，渡过这一劫。"

小胡解开安全带，把头转向我："小钱我跟你说，李sir才没有朋友。又或者，万一当年的'朋友'输了，那个8岁小女孩赢了呢，谁知道孰胜孰负。"

"别扯了，这就是个传说故事。故事听完了，该好好办案了。小钱，监狱是我们兄弟部门，可能不方便你进去，你在这儿等着我们，我们很快就回来。"

我朝李sir点点头表示理解。他们下了车，我被李sir的故事搞得睡意全无，但精神仍提不上来。我掏出手机打了一盘三国杀，用吕蒙打内奸，坚持到了最后一个才被主公杀死。退出游戏，看见李sir面色凝重地走来，打开车门我刚想问他是不是审问不顺利，他跨上副驾驶位从车厢拿出一袋照片，一张张翻过去，最后停在阿彻尸体右手大臂的特写。

这组照片我都看过，当时看得粗糙，也没发现什么端倪。但李sir盯得出神，我很难不把注意力集中到那张右手大臂上。

"文身被洗掉了。"仿佛有什么东西在我脑中忽然点亮了，我脱口而出。

李sir转过来，点了点头，开了口。

"夏天这个人你认识吗，英文名是Summer，阿彻有跟你说过吗？"

我告诉他有，在回南京的路上我告诉了他我所知道的关于夏天的一切。把我送到鼓楼的寓所，李sir向我表达了感谢，说他会继续调查的，有了新进展会随时通知我。我向他摆摆手说没什么，都是帮朋友，忘了再给他一支烟。

回去后我一觉睡到了第二天，那支没递出去的烟便再也没有给到李sir。

10

"我刚不是跟你说我一点也不想对不起谷雨，但你知道是不可能的。"高中地理没有告诉我德国南部刮的什么风，现在在奥格斯堡火车站的夏夜，风从四面八方刮过来，大概可以称之为妖风。

阿彻的话匣子彻底打开了，没有一点收住的意向。他就像是被瓶子里锁了上千年的魔鬼，终于被渔夫放出来，如果不听完他的故事，他就要把渔夫杀掉。我知道强行制止一个人的叙述欲望不仅不礼貌，还是个残忍的事。沉浸在回忆中的时刻是一个年老者人生中不多的美好时刻，应该予以保护。但我现在实在是没有心情，没有通讯，没有行李，没有钱，连烟都没有，只有阿彻的故事，还有诗和远方。

奥格斯堡在德国的地位即使不算省城，也算是个大市了。从火车站上就看得出来，四车道变成了八车道，站台上也有了不少生气。我们本以为最好的结果是我们的车会乖乖躺在铁轨上等待着我们归来，差一点的结果也起码是我们在七八列火车之间穿梭，最终找到了那辆迷失的IC2267，然后找回行李。可惜两种都不是。

奥格斯堡站拥挤得多，八条铁轨上都停有列车。对于从小看德国足球甲级联赛的我来说，对这个城市还是有印象的。城市里有一家同名球会，居于德甲联赛中下游，队内还曾有个韩国人叫池东沅。但我无心再关注这些，临下车前我就跟阿彻商量好，一下车就往两头跑，他看前面四列，我看后面四列，看到IC2267就招呼对方。这么做怕的就是我们来不及找到车就又开走了。不过车确实是不停顿的，我刚爬上站台就看见一列车"轰隆隆"地驶向前方，借助显示屏我才知道那不是我要找的那辆。

"不是说哪儿也去不了吗，怎么还会继续开呢？"八列车都不是，我们的车不在奥格斯堡。我有些沮丧，向阿彻吐槽。阿彻掏出了万宝路。我已经放弃拒绝他的万宝路了，抽了一半他想通了这个道理。

他给我解释，说火车不同于汽车，汽车坏在高速上，你往应急车道上一移，开个警示灯就行了，火车不行。一条轨道好几十列火车要走。是，你慕尼黑进不去，封锁了，可你所在的车轨并不只是开往慕尼黑的车走啊，开往维也纳开往米兰万一也用这条车轨呢，你不是造成混乱吗？

想通了这个道理，阿彻眉头舒展开来。抽完了手头的半根烟，开始鼓舞我，说我们的车肯定停在下一站，奥格斯堡到慕尼黑中间还有一站，叫"慕尼黑中转站"，我们去那儿，我们的车一定在那儿。

他越是笃定，我反倒越高兴不起来。我不禁想到了一个小时前信誓旦旦跟我们说你们的行李一定在奥格斯堡的矮个子德国兵。我说不行，不能这样瞎走，我们去服务台问问吧。奥格斯堡是个大市，今天又是紧急情况，10点还有人在值班。咨询处排着长队，阿彻回我说不必了吧，那么多人，不知道要排到什么时候呢。我没有听他说完，直接走进了队伍。

服务人员的态度并不好，但即便不耐烦的语气也没让队伍移动快一点。到了我们的时候，对接我们的是一个肥胖的中年女人，满脸痘痕。我结结巴巴地向她表明了这个夜晚经历了什么。她抬眼看了我一眼，说他们这里不管失物招领，这里只管改签。看我没有离开的意思，她又加了一句，我们这里暂时查询不到其他的信息，后面还有很多人在排队，如果没有别的事请靠边等，不要挡着别人的路。

我一边退出来，一边咒骂着那个女人。阿彻帮我拉住了一个看起来比较有耐心的老爷爷，言简意赅地告诉他我们有东西遗忘在火车上了。老爷爷倒是和蔼，转身从柜台取出一张表，跟我们说，你们填表，你们填表。我装模作样地填着，他一转身我就把表收进了裤袋。等你们收到表开始处理，我早已经回到南京吃上盐水鸭了。

整个车间都是繁忙的，外面的月亮未必圆，整个世界都一样。阿彻不再管我，转过身盯着大屏幕，看着多少分钟的哪

一班列车能把我们送到慕尼黑中转站。我拉住了出来上厕所的
"满脸痘痕"，再一次表达了我的难处，然后她跟我说IC2267
她已经查过了，已经到终点站慕尼黑了，车厢里工作人员打扫
过了，并没有任何东西遗忘，然后大步去往洗手间。一瞬间的
想法是怎么忽然又能开进慕尼黑了，难道已经解禁了？可我的
行李怎么会不在车上呢？等我被阿彻拉上了去慕尼黑中转站的
车时，我才想起来，我应该补问一句，IC2267只有一班吗，还
是这条线路的每一班都叫IC2267，关于德国铁路的这一个问题
我到现在也没弄明白。

　　这班车很拥挤，过道、厕所前、吸烟处，到处都是提着大
包小包席地而坐的人们，我们极为勉强地获得了一个落脚的地
方。这些旅客看长相也看不出来他们是中东难民，还是和我们
一样因种种原因没法到达想去的地方的人们。

　　10点半了，周围的空气很安静，我盘算了一下身边还有
的东西，想着若是行李真找不到了，明天第一件事就是找到慕
尼黑的中国领事馆。有了领事馆的帮助，就能回国。无非就是
旅途夭折了，不过经历了一次恐袭，也算为以后的生活增添了
谈资。这样想想也不是很亏。至于到了慕尼黑之后，酒店就定
在火车站外500米，费用是早就付过了，谷歌地图很早就规划
好了路线。只要保持手机有电，凑合到明天领事馆开门应该没
问题。宾馆有无线，说不定前台还有苹果充电器，这样明天我
又是一条好汉。想好了所有退路，我释怀了许多。也是这个时
候，阿彻又敞开了聊天的门。

　　"我刚才跟你说我一点也不想对不起谷雨，你知道这是不可能的。"他叹了口气，眉毛耷拉了下来。按我往常的经验，一般男人有这种表情出现，八成开始忏悔了。之前刘局跟我说放弃追求那个他已经追了4年的姑娘的时候就是这个表情。

　　"当你习惯于隐瞒的时候，慢慢你隐瞒的便不只是无所谓让不让谷雨知道的事了，慢慢地就会隐瞒死都不能让谷雨知道的事。"

　　我向他点了点头，告诉他都是男人，我能理解，谁没犯过错啊。

　　"我也理解谷雨对我那么不信任，毕竟我对她也不是完全没有愧疚的。与谷雨在一起的最后一年，我喜欢上了一个叫夏天的姑娘。我不知道我这么说你相不相信，我不是因为脸迷上那个叫夏天的姑娘的。那个时候大二，我和她都是办公室助理，老师很喜欢我们，同时我们又都在学生会兼任职位。大概就是那个时候产生了情愫。你知道感情这种东西也说不上谁主动，差不多互相吸引吧。还有也是因为我们常见面，不是有一句话吗，说女人会爱上那个唯一常常见到的男人，差不多一个意思。"

　　看我摆出聚精会神的样子，阿彻继续讲述他的故事。墨痕，我怎么跟你说呢，一开始更多的是好感吧，但这种好感对很多人都会有。笑得甜啊，长得好看啊，好感说来也就来了。但是大部分的这些都被"发乎情止乎礼"的教诲给克制住了，加上我那个时候有女朋友，谷雨对我一直很好，我也没有理由去想别的东西。

但是夏天是个很好强的女生。在学习上、工作上事事想要压我一头，她也确实做得比我好。当然我也不在乎这些，她强任她强，清风拂山岗。加上我特别喜欢一句话说，当你目标定得特别高的时候，眼前的得失便都不再为得失，这句话也成了我不思进取的借口。但是她会时不时地跟我说，阿彻，我是肯定不会喜欢你的，你完全不是我喜欢的类型，说了很多遍。

火车还在慢悠悠地往前开，听到这句话我知道完了，阿彻肯定栽在这句话上了。你有女朋友没有用，你有10个老婆，有女人跟你说这句，你都会想把她收作11房。这就好比女人跟男人说你怎么不行，男人吃药也得展示雄风一个道理。一方面男性的自尊是不允许被挑衅的，你无法想象一个被这样"批评"之后还无动于衷的人会取得成功，另一方面自我暗示是一件很可怕的事。我高中有个同桌，条件不错，但属于书呆子那种类型，我们班有女生喜欢他，但羞于开口，便在QQ上跟他说，我昨天梦到你，梦到你成了我男朋友，梦做得还挺真的。同桌原来只是把女生当普通同学，因为这一句变成了梦中的女朋友。自己不断在想，不断在发酵，后来的事可想而知。这种事在心理学上叫作正向激励，也就是俗称的成功是成功之母。

"所以你就想，你不管怎样，也要让她喜欢上你？"

阿彻抬眼惊奇地看了我一眼，告诉我就是这样。

现在回过头来看，很难再说出一二三四五了。也不知道在哪个点出轨就开始了，因为长时间一起工作，默契越来越多。

我们也知道这么做是不对的，但是有多少人会按对的事做呢。那段日子我们就跟暖房里的植物一样，一方面渴望阳光，另一方面又害怕阳光。

"那段日子一定很难熬吧。"

是啊，你要说快乐肯定是有的，不然也不会选择违背价值观去出轨，但更多的是煎熬吧。我不想对不起两个女人，却又确确实实地对不起了两个人。面对谷雨，我无法跟她说，我心里住进了另一个人。而面对夏天，我又没办法让她相信，我虽然有女朋友但我也爱她。说严重一点，那一年多的时光我觉得我十几年形成的价值观、爱情观崩塌了，我没有想到我会是这种人。

现在很多人是害怕寂寞所以在茫茫人海中寻找另一半，但那段日子我并没有因为身边有两个人而变得热闹，相反我反倒更加落寞。墨痕，我这么说你能明白吗？比如你身边发生一件事，你跟第一个人分享的时候，你会满心欢喜，而到第二个第三个，你难免心生厌倦。于我，我无法做这样的选择，我宁可谁都不讲，两边都不是归宿。这种落寞就像你一个人逛街，觉得渴了买了杯奶茶，还没喝完，忽然想要上厕所，你却不知道奶茶要放在何处。

她们都是很好的姑娘，都是我生命中重要的人。正因为此，我没办法做任何事，我能做的只是不断地折磨自己。但好在夏天从没有逼迫过我，没有像电视剧里那样做任何撒狗血的举动。她觉得结果什么的没有经历重要，但这一点也没办法减轻我的罪恶感。可能因为是射手座吧，花心而热爱自由，什么都不想放弃却又懦弱无能，不敢开始也不敢结束。

"阿彻，你不是花心。你是专一，对每个人都很专一，同时也不懂拒绝，不懂放弃。"

是，墨痕你这句话夏天也跟我说过。她说我对每一个都很专一，才会造成那样的困局。但是夏天再想得开，她也是个女人。我脸皮厚，但她没办法不顾一切外界舆论跟着我，我们的事很少有人知道，外人看来我们只是不太熟的同事。她只跟她妈说了，母亲对这样的女儿除了哀其不幸怒其不争也没有办法。有一次我去杭州看谷雨，吃晚饭的时候，她打电话给我。我跑到厕所按下接听，她哭着对我说，她说"阿彻，我们不要继续了好不好"，我问她怎么了。她说她妈问她和那个副主席怎么样了，她说副主席去杭州看他的女朋友去了。她妈夹了一口上海青放进嘴里，不咸不淡地来了一句，说那个男生倒是挺幸福的嘛，在学校的时候有你陪她，你回家了还有他女朋友陪他。我听完之后长久没有说话。几十秒的安静之后，夏天在电话那头稳定了情绪，跟我道歉，说以后再也不会这样了，今天是情绪激动了，没控制住，都是她的错。我一句话都说不出来，听任夏天挂掉了电话。洗了把脸走出来，谷雨问我怎么了，我只能说没什么，学生会临时接了个活动，已经处理好了，然后吃下一口小青菜。

你能理解这种痛苦吗？对于男人来说大概没有比无能为力更痛苦的感觉了。后来的事你知道了，我和谷雨分开了，我那时知道我们终究会分开，但没想到来得这么突然。我把我所有的钱全部打给了谷雨，做一些仪式感强的事可以让我心中略微好过一些，毕竟我连一点点挽回的勇气也没有。分手之后的一个星期，我跟夏天在一起了，在一起那天，她给我剥了一大盒坚果，把盒子推给我。然后偷偷把手背在身后。夏天知道我最喜欢吃坚果，但是太懒了，从来不愿意剥。她说今天终于能名正言顺地给我剥坚果了，以后每天都要给我剥。

　　现在看也是顺理成章。我们读的是二加二，在大三时整个班去了巴黎，在那里继续两年的学业。在异国他乡则有更多的变数，即使谷雨没有跟我说分手，我们八成也会在那两年分开。多年后我跟谷雨说了夏天，我问她知道了结局后悔跟我在一起吗？她说都过去这么久了还有什么可后悔的，那句话怎么说来着，爱对了是爱情，爱错了就是青春。

　　"所以后来夏天成了你的前妻？"他把疑问的神色投向我，我把嘴一撇，指向了他的左手。阿彻闲下来说话或者做任何不需要手的动作的时候，会做这样一个习惯动作，右手放在左手上，右手大拇指和食指不断按压和摩挲左手的中指。就今晚认识的两三个小时，这个动作我已经见了不下5次，按摩的是左手中指，想必以前是戴过婚戒的。婚戒还在手上的时候，闲来无事阿彻一定总是转动它，才留下这样的习惯。而现在的左手空空如也，连印迹都没有，不是没戴多久就是摘了很久了。阿彻也明白我眼神的含义，笑了出来：

　　"不是的，和夏天没能结婚，你听我讲——"
　　也不知道为什么，在一起之后的夏天，准确说是去到法国之后的夏天像变了个人似的。身边的人总说她一直是这样的，只是之前的我被爱情蒙蔽了，看不到除了爱情其他的东西。

一起去到法国的那批人分两种，一种是勤工俭学的，一种是混留学生圈的。我本可以超脱于两种人之外，但最终却成了两者皆是的人。我那时一直不清楚外婆有多少钱，她跟我说好好读书，不要有后顾之忧。我是不需要靠勤工俭学来维系的，夏天也同样，但是夏天酷爱抛头露面，或者说享受众人关注的目光，所以圈子她也会涉足。要在留学生圈中获得尊重，经济实力是很重要的一条。人活着无非是一张皮，为了这张皮，我们在巴黎最多的时候同时做着五份兼职，就为了维持人前的短暂光鲜。但往好处想，圈子里的人有的在巴黎待了5年还只能说简单的英文，而我们在前半年就能说一口流利的法语了。

后来夏天垮了，第一年冬天生了一场大病，巴黎的冬天要比上海暖和一些。可夏天那场烧发了整整两个星期，那次之后我再没让她涉足过兼职。我累一些没什么，她倒也感激我。但没过多久她的心态便开始变化，或者说我们俩的心态都发生了改变。

春天来了我们的钱越来越不够花，收入减少是一方面，更多的原因在于我们的欲望或者说夏天的欲望越来越大。幸福就是两个人没有过多欲望地生活在一起，但对于那时的我们来说已近乎是奢求。

2月的巴黎时装周要开300多场时装发布会，300多场就像春天的一阵阵季风刮来了无数的新品。你不可能要求一个在最好年纪的姑娘看见成千上万美好的衣服心如止水。你不会觉得你漂亮的女朋友在同伴都穿上新装时对一件漂亮衣服的要求是过分的。

衣服永远不只是衣服而已，它是一个缺口，是女人新世界的大门。从零到一难，从一到一百便是顺理成章。裙子、帽子、洋装、鞋、包、水乳、面膜、喷雾，从衣服到内在的保养品，再到这个美好世界的全部。

夏天其实并不是一个拜金的人，并且愿意吃苦。她会去城隍庙吃五六块钱的路边摊，也会把我给她买的百元上下的淘宝爆款穿得很开心。但人到了不一样的环境，就变得完全不同了起来。现在回过头来看我还是不想去指责什么，毕竟20来岁未进社会的女生，你又能要求她多少呢？

但好在夏天是个懂事的女生。我们俩的钱只是杯水车薪，她问家里要了几次还是不够。我背着她向外婆打了几个电话才勉强补上了窟窿得以继续向前走。夏天知道我家只有外婆有收入了，发现之后再没准许我向国内打过电话。但是困难依然存在，路还得继续走，这就是我们矛盾的地方。一方面我们经济拮据得连普通的衣食都快要保障不了，夏天也足够心疼我的身体，可另一方面又像攥着糖果的孩子，不肯放弃那来之不易的浮华、上流社会的一场场酒会宴会、同学们的青睐和艳羡。我们曾在巴黎四下无人的夜晚抱头痛哭，说着再也不要过埃菲尔塔尖的生活了，是什么人就该是什么样的生活。可当第二天的太阳从卢浮宫后面升起的时候，巴黎的阳光又那么耀眼而迷人。

　　两个人的社交变成一个人的社交只是时间问题，这不可怕，可怕的是慢慢地开始有所比较，心中的天平也渐渐产生了倾斜。在国内的时候，夏天说我是光，同时也是暖，只要我在的地方就不会有黑暗，她就想靠近，想跟我搭伴走。虽说恋爱时的情话不能相信，但确实改变慢慢地发生，慢慢地她开始放弃我们的见面，她开始觉得我们的见面是对生命的浪费，觉得我的时间应该用到赚更多的钱上。她不会嫌我兼职的数量少，但她开始埋怨我只能做收入最低的招待和洗碗工，不能像别的人一样工作体面轻松还能赚更多的钱。她开始厌恶我每次聚会不能有豪车接她，她只能走到无人的角落偷偷打车回家，开始厌恶只有到了下个季节才能买上上个季节的最热单品。她看着比她条件差很多的女孩找到帅气多金的老外，开始觉得她的男朋友不应该是踏实肯干的年轻小伙，她开始觉得把她的未来绑在我身上是不现实以及不可行的。

　　对，夏天那阵子说了无数伤我自尊的话，我的自尊早就没了。她说的多了我也只是听之任之，她说我这样，她一眼能把我望到底，50年后我还会在中餐馆洗盘子，这辈子就这样了。她说以她的条件在巴黎或者在欧洲完全能找个条件好我百倍的人，然后轻轻松松过着浮华的生活，不用考虑房子、车子、工作，有这样似锦的前程，何苦跟着我寒窗苦读。她说我是爱她，但怕是也只有爱她了，除了爱她这一点我一无是处。

　　那一年多的时间是我一生中最灰暗的日子，那段日子没人再谈理想、谈主义、谈未来，有的只是酒精、灯光、烟火、财富，满地皆是但不属于我的财富。

　　还有一件事我没说，夏天在宴会上交了一个朋友，叫朱珠。怎么说呢，她是夏天在法国最好的朋友，夏天什么事都会跟她说，包括和我的事，以及生活的拮据。同时也是朱珠把夏天从我身边越推越远。

　　这件事我也是后来在一次吵架和好后，夏天告诉我的。她说朱珠在给她介绍新男朋友，介绍过几个了，夏天都拒绝了。最近一次朱珠瞒着夏天带了一个男人来吃饭，是一个法国男人，比夏天大10岁，在巴黎的一个电子公司做高管，上学时候在中国交流过，对中国文化有种别样的情愫，但是夏天还是推脱了。我听了之后除去叮嘱她跟朱珠保持距离之外也没多说什么了，事情过去也就过去了。

　　现在夏天和那个法国男人已经结婚了，我不记得是5年前还是几年前的事了，太久远记不清了。我只记得结婚前她回国办移民手续时我们见了一面。她还跟我说对不起，我当时听了有些不好意思，只是回她我也不对，那时候太年轻了，我对你也不好。回到家我才觉得难受，很可笑吧。但我们分手还不是因为那个法国男人，是因为毕业。我和夏天在一起两年多，很多人吵到这个程度早够得上分手几次了，我自己都没想到我们能撑到毕业。

　　很俗套的故事，她想留在巴黎，而我势必是要回上海的，巴黎是不属于我的城市。夏天一直说我是个没有理想安于现状的人，说我这辈子就这样了，其实我不是。我无意向谁或者这个世界证明什么。我不是，就是不是。

　　恋爱中做过可笑的事情多了，说出来你可能不信，我们还一起文过身，那还是刚开始的几个月，夏天总担心我们的恋爱不能长久，即使长久也不会永恒。她想的没错，始乱终弃，开始便不是好好在一起的，又如何要求有一个好的结果。她说我们一起文个身吧，起码能留住些回忆。在文什么的问题上争论了好多，最终决定各文了一只手握着箭的小丘比特。我们俩都是射手座，她的丘比特下面文了我的名字Archer，我的则是Summer。人们都说文身久远，实际上呢，都是自欺欺人的东西。

　　分开没什么好说的，大概是在一起的两年彼此折磨得太多，把该吵的早就吵完了。分手那天两人反倒是很安静，我们用力地告了别。最后一次从她的肚皮上爬起来，还没结束我们都哭了，感情无法继续，性事也无法往下走。她默默穿好衣服，从柜子里拿出剥好的一大盒坚果跟我说，这是她最后一次给我剥坚果了，怎样都要盛得满一点。

　　当时我在想，夏天是第二个给我剥坚果的人，第一个是我外婆，等我遇到第三个，我就娶她。

　　故事就是这样，说点开心的事情吧。你听见车厢出现欢呼了没有，就刚刚，持续了10秒，我去打听一下是怎么了，刚刚那个广播我没注意听。

　　没错，墨痕你猜得没错。慕尼黑恐怖袭击案的犯罪嫌疑人已经被击毙了。Now Munich is clear。

11

从上海回来我整整睡了12个小时，第二天10点多醒来我才进入到我正常的工作轨道，白天写作，晚上泡妞或者授课。我之前说过最近打算写一部小说，反映我们这一代的爱情，我没法只写我自己，这一代的爱情不该只是这样的。恰好这个时候阿彻的案子切了进来，平添了许多素材。当然阿彻也是我的朋友，也不能说我是为了小说才去跟进阿彻的案子的，我对于阿彻是有一份责任的。小说的名字我早就想好了，就叫"阿彻的春天"。

之后的一个多星期手机都没有因为正事响起来，这个星期小说已经完成了开头部分的写作。在写作的第8天，我拨通了公安局鼓楼分局的电话，我问李sir在吗，李铁龙。

回应的是一个女声，告诉我不在，然后清了清嗓子，我听出来是小胡。

"小胡？我是钱墨痕。"

"钱作家啊，李sir被调走了。"

之后她把她的手机号给了我，让我别打单位的电话，毕竟工作时间用单位电话谈私事谈案件都不是一件明智的事。在手机通话中她告诉我从上海回来没几天，李sir就被调走了，回了湖南老家。

"一个支队长还能跨省调？这算升官？"

手机那头的女声严肃且疲惫，小胡告诉我，是李sir自己要求的。调回故乡，虽说平调，但其实是降了。

"那阿彻的案子呢？"

"快结案了，上面不怎么追了。李sir调走之后，换到二队负责了，二队队长也忙，对这个案子不怎么重视。我是一队的，插不上手。看吧，这两三天就该结案了。"

我道了声谢谢，然后挂上电话，整个人窝在沙发中，不知道阿彻的故事怎样完结，这篇小说该怎么往下走。

要是故事就这样结束，未免有些平淡无奇。我这样的状态持续了两天，两天没有上网也没有动笔。唯一做的事就是捧着村上春树的《世界尽头和冷酷仙境》。我想搞明白自己的世界尽头和冷酷仙境分别在哪儿，别人的又在哪儿。

这种状态直到第三天才被打破，不到九点的时候手机响了起来，铃声是李志的《你离开了南京从此没人跟我说话》。舒缓的铃声可以让我对接电话这件事不那么抗拒，我将意识从梦中转移到手机上。一个归属地为南京的陌生号码，我用完全不清醒的大脑思考了所有的可能性，然后接通了电话。

"您好——"

"墨痕，你在哪儿呢？"

我本来想问他是谁，但见他叫我叫得这般亲密，舌头在嘴里伸缩了下却愣是没问出口。

"我啊，我在世界尽头。"

"什么玩意，什么世界尽头？"

"世界尽头你不知道吗，我们每个人都生活在共同的冷酷仙境中，但这不妨碍我们向内寻找自己的世界尽头。那是我们为自己营造的空间，没有善恶，没有美丑，只有无限的平静和安详。对了，还有独角兽，载着我们多余的思绪和欲望……"

他耐心听我说了一堆，最后还是打断了我："你是宿醉还是没睡醒？你说的是川端康成还是安部公房？"

"村上春树。"

"就是那个被自己喜欢的歌手抢走了诺奖的那个吧！"说完他自己笑了起来，笑完之后严肃地说，"我是刘局，最近在南京吗？你小子不是毕业回南京了，有空出来聚聚呗！"

是刘局我现在也不想见，一方面这家伙大早上打扰了我的美梦，另一方面我还是没法原谅之前在警察局前他没接我的那个电话。我随手从枕头底下抽出一本书，《已故的帕斯卡尔》，皮兰德娄。

"是该聚聚，我们有日子没见了吧。可最近不行，我现在在意大利呢。"我飞速算了下时差，"这里12点多了，你看我刚准备睡觉你电话就来了。"

"我说墨痕，你不是在生我气吧？"

"都奔三了，你以为谁都跟你一般幼稚？我真不在南京，刚刚晚上我还去现场看了场意甲，米兰打拉齐奥，好看。"

"墨痕，我找你真有事说，你记得我之前跟你说的巴甫洛夫把妹法吗，我把那个研究透了，连进阶版的薛定谔把妹法我都弄熟了。你不是现在在搞什么恋爱理论教学吗，我正好讲给你听听，图个乐子。"

我听完默默叹了口气，真是好事不出门，坏事传千里。有个搞刑侦的朋友未必是好事，几年不见他还是能对你的近况了如指掌，"刘局，我也很想见你。这样我下个月一回国就去找你，请你喝酒怎么样。现在是国际长途，挺贵的，没啥事要不先挂了？"

"你真的在意大利？"

"我真的在意大利。"

意大利三个字还没发全，窗外传来了刺耳的警笛声，然后是电话那头的坏笑："怎么，意大利也有这声儿？"

我挣扎着下床拉开窗帘，同阳光一起刺进来的还有楼下站着向我招手的刘局那张猥琐的笑脸。

半个小时后我们面对面坐在离我家最近的一家星巴克。点了两杯美式，我向他解释。

"昨天晚上我真的在看意甲来着，五点才睡。你打电话那会儿我刚睡下两三个小时，还以为是在梦里。"

刘局笑着伸出手做了一个制止的手势，让我别再说下去，告诉我我们之间不用搞这些虚头巴脑的东西。然后开始呢喃，Starbucks，这个名字也不知道谁取的。

"麦尔维尔。"我冷不丁插了一句。

"麦尔维尔？什么麦尔维尔，咖啡？"刘局一下子没反应过来。

"咖啡是麦斯威尔。你不是问Starbucks是谁取的吗，是麦尔维尔。"我认真地说，"《白鲸》你看过吗，Starbucks是里面一个水手的名字。"

刘局虽然是理工科出身，但平时也爱看书，"看过封面，在图书馆，很厚很长。"

"我给你讲个段子当赔罪好了。Starbucks直译过来应该像那个水手名一样叫斯达巴克，在这儿却采取了一半直译一半意译叫作了星巴克。"

"但半直译半意译的也有很多啊，比如新西兰，还有新泽西。这就是你的破段子？"

"我还没说完，我想说的是你知道这起源于哪里吗，是谁先开始这么干的？"

刘局眨巴眨巴他的大眼睛，等着我继续说下去。

"大量的翻译是从民国开始的，那时候你翻译我也翻译，甚至能引起一阵风潮。英国有个地方叫剑桥，这个城市在国内很出名，大家都学剑桥英语嘛。剑桥就是意译来的，Cambridge，那边有一所著名的大学，一百多年前有个年轻的中国男人来这里留学，走的时候写了首诗，'轻轻地我走了……'还把人家的名字给改了，一半直译一半意译就始于那个时候。"

听完刘局开怀大笑，我喝了口咖啡，问他高才生怎么研究巴甫洛夫的。

他向我摆了摆手，表示不值一提，然后告诉我巴甫洛夫把妹法已经过时了。他曾经按教程连续一个月给同一个女生送早餐，无论那个女生问他什么都坚决不开口，那个女生问他为什么对我这么好，也坚决不说半字。

"你可以回答她说，有朝一'日'。"我打岔道，想了一会儿刘局才明白我的笑点，让我别插嘴，好好听。

持续一个月之后，那个女生已经习惯了吃你每天准备的早餐，这个时候你突然停止，她便会陷入无尽的失落和怅惘之中。那个时候你再发起强攻，可以一举拿下。因为契合了巴甫洛夫的"条件反射实验"，所以叫巴甫洛夫把妹法。

我听了之后暗自摇了摇头，这个方法周期太长，成本太高，收效时间久，等真成功，黄花菜都凉了。我问他："刘局，你觉得有用吗？"

"有用是有用，但不是方法的功劳，巴甫洛夫把妹法忽略了心理的变量，就是对方本身对你有好感才会接受你的早餐。此时不管你用什么方法去追都会得手的。后来我用这个方法换了另一个人，她直接拒绝了我的早餐，此后都把我当神经病一样看待。"

这点我也想到了，方法忽略了对方的心理，只有具备好感才会自动去做巴甫洛夫的狗，去进行条件反射。某种意义上这跟在club问女生有没有男朋友是一个道理，有说没有等于没有，没有说有等于没戏。

"所以我现在尝试薛定谔了。"

"薛定谔？薛定谔把妹法？"

"嗯。还是送早餐，当然送早餐可以换成献殷勤的任何一样。每天早上抛硬币，用伟大的随机性来决定，送或者不送，再或者来决定送什么。那个女生在每天打开抽屉之前都不知道抽屉里有无早餐，或者早餐会是什么。因为早餐的有无是独立随机事件，完全无法预测。每天的早餐对女生来说都是神秘的所在，长此以往女生会被神秘的现象所吸引，不可避免地对送餐人产生强大的兴趣。当然早餐的选择也可以做个随机列表。要有创意，不能重样，最好能说出个所以然来。薛定谔把妹法的核心就是神秘、新奇和有趣。"

我听着觉得挺傻的，想着大早上跟他讨论这些，自己也聪明不到哪儿去，但我还是耐心地听他说完，告诉他，这未免也太累了。刘局说没办法，现在的姑娘哪有这么好骗，再说了有时候过程比结果更重要。对于女孩我跟他是两种态度，没有在这一话题上深究下去。我把喝完的咖啡往桌子边推了推，问他：

"说吧，你大早上来找我到底是什么事，我确定你肯定不是想跟我说什么巴甫洛夫啊薛定谔啊培根的。"

"好久不见了，叙叙旧，这不我刚调回南京就找你了不是。"

"你这就是不把我当兄弟了，你不说我可走了。"我一把拿起挂在椅背上的外套，做出一副要走的样子。他忙拉住了我："别啊，我说我说。这不我们刚见面嘛，开门见山多世俗。"

"客套才世俗呢，是个什么事？"

"跟你也不是没关系，你一直很感兴趣的事。牛阿彻的案子，到我手上了。"

"你是那个二队队长？"

"我不是，我前天才调回来，组织关系今天才转。李铁龙走之前托付我的，正好我又在卷宗里看到你的名字了，这不我就找你来了。"

"卷宗里不都写了吗，你还问我什么？"我有点没好气。

"墨痕，你我还不知道，如果卷宗里就是全部了，我今天还会请你在这儿喝咖啡？"

我白了他一眼，告诉他要我开口也可以，不过我要知道，李sir怎么忽然就被调走了，而且他为什么这么关心这个案子。

"李铁龙你认识？哦对，他之前负责这个案子，他上学那时候跟我一个宿舍呢。他调走这件事不是三句两句能说清楚的。"

我看他犹豫的样子知道这不会是个太差的故事，我知道打听别人的隐私不是高尚的行为，但谁没几个拿不出手的癖好。"快中午了，隔壁就是南京大牌档，可以去那儿续个摊，空腹喝咖啡胃难受。三两句说不清楚，我们就慢慢说，反正今天周末。"看他还在犹豫，我补上了一句，"你不说我是不会说的，我知道公民有配合调查的义务，可我已经配合过了，卷宗里可都是我配合的。"

12

南京大牌档和夫子庙、上海的城隍庙、西安的回民街本质上一样，都是赚外地人钱的。起码你去山西路也好，山西路赚的是本地人的钱。刘局埋怨我在南京读了四年大学了，如此浅薄的道理也不懂。

不过在山西路我们也没有停，穿过山西路，过一个转盘到了颐和路。颐和路有几个老的公馆群，现在大部分是军队的房子了。我告诉刘局我对这里有种特别的情愫，5年前我就是在这里考研，赴上了去北京的路。

"我也常来，实习刚开始接案子的时候，想不到方法或者走不出来，总来这里一个人抽烟。"刘局带我在一个小凳子上坐下来。

"走不出来？"

"嗯，走不出来。有些案子你沉浸进去了，你就无法轻易回到原来的世界里。你写小说，这道理你肯定懂。"

我点了点头。

"加上那个时候我又年轻，刚刚接触真实的案子，难免心理冲击会大。我给你讲下我调过来之前办的最后那个吧。"

"别，别。"我忙打断了他，我向他扔过去一支黄鹤楼，我说我是听李sir的事的，没空扯别的，不要他出事了我都不知道怎么回事。

刘局把我扔给他的黄鹤楼平放在了凳子上，从兜里掏出一盒细长版的云烟，说试试他这个。这个我抽过，口味于我而言淡了一些，在我上学那会儿，细长版的香烟还都被称为女烟，这几年不知怎么的忽然流行了起来。我点上火，他说他大概叙述一下，长话短说。

"在医院里，一对夫妇追着一个20多岁的女孩打，不是家长对孩子的打，是往死里打那种。医院保安都拦不住，然后报的警。我是第一批到现场的，即便这样，那小姑娘已经被打得两处骨折加轻微脑震荡了。"

"在哪儿打不行，为啥要在医院打？"

"这也是我好奇的地方，我不说介入办案的过程了，直接说结果。他们是一个乞讨团伙。那个女孩的亲生父母在她很小的时候出车祸死了，完了就跟了这对养父母，养父母的职业就是乞讨，有了女孩之后又收养了一批，每天放他们去乞讨，晚上再收回来。他们对女孩还算是好的，因为残障儿童更能获得同情从而获得更高的收入，他们有时甚至会打断其余收养儿童的手脚。"

"那些新闻上说的是真的？"

"新闻只是有选择的报道，新闻大部分是真相，但真相远不止新闻的那些。这些儿童会一直长到16岁，长到没法引起别人的同情心时便会离开。这个女孩因为相貌不错，不久找了个外卖小哥做男朋友，也还算稳定。后来一阵子不断发烧，去医院发现是得了病。女孩想了好久，想起她唯一的性生活就是13岁时被一个老乞丐强奸过。男友当然是吹了，女孩想不明白自己做错了什么，要承受这些。后来想明白就回去找养父了，可能是一家人都染上了艾滋病，也无怪乎我们看到的这些了。"

"后来呢？"

"什么后来，法律的制裁呗。组织乞讨是重罪，但恶意传播疾病也要被判刑。这种事情看多了，心理难免会发生一些变化。那时候我常来这里，一个人抽烟，看车流。车比人要好很多，想开就能一直开下去，只要不碰到红灯。人不行，很多人甚至连一条路都没有，他们只能一件一件接下上天安排给他们的倒霉事，哪怕应接不暇，也不能说'不用了，谢谢'。"

这些年不见，想不到刘局反倒是越来越矫情了，我被他说得挺动容的，但我更关心的还是李sir的事。我向他展示了我熄灭的烟蒂，提醒他言归正传："说说李sir吧，到底啥事。"

"事不是什么大事，家里那些事儿。"

我附和了他一声。

"他老婆的事。"

"他结婚了？"

刘局点了点头，"他和他老婆都是湖南人，他调回去能和家里团聚，两地分居终究不是办法，这次我们还能帮她，下次就不一定了。"

"他老婆出什么事了。"

刘局抬头看了我一眼，把烟头朝我伸过来。

我胃口被他吊得有点不耐烦，用打火机把烟给他点上，让他别卖关子了，好好说话。

"墨痕，你别急，这件事还真得慢慢说。"

大概是10天前左右，那天快下班了接到了铁龙，也就是李sir的电话，说是有事麻烦我。铁龙和我是本科同学，警校毕业之后他就去基层做警察了，一步步爬上来。我当时一来想着反正家里有关系，二来我真的不想当警察，才去考了研究生，没想到殊途同归。本科毕业后虽然都在南京，但彼此都忙，也没什么联系。两年前他结婚，宿舍哥几个一起去喝他的喜酒，此外便再无交集了。铁龙能找到我的电话，还说有事求我，想必不是小事。

我忙问他怎么了。

他支支吾吾地告诉我也不是什么大事，他老婆的事，人现在被押在你们局里呢，看一下就知道了，说了声请一定帮忙，然后就挂了电话。打电话问了一下知道是网络扫黄。讲真话，铁龙找我的那一刹那我还真没往那方面想，毕竟朋友妻。墨痕，这方面的事你我都清楚，跟别的相比确实不严重，但倒也能理解铁龙的羞于启齿。

哦对了，我还没跟你说，硕士毕业我没有继续读博，我虽然不想当警察，但更不想继续念下去了。我父母要把我安排在南京，我又不想一辈子在他们的阴影之下，我就去了长沙。他老婆的所在地正好是我的辖区。

那天放下电话我就去了解情况。事大概是这样的，前一天夜里市局组织了一次大规模的扫黄，几个涉黄的KTV、洗浴城、夜总会都被查禁了。但在一个洗浴城查处的时候，让他们老板给跑了，没能抓住。我们去他住处搜查，发现他的家中有大量的女性贴身衣物，而且都是穿过的。还有很多包裹好的快递，将要发往全国不同的地方。这时小花拎包进来了，问她是干什么的，她也支支吾吾说不清楚，打开她的包发现全是穿过的丝袜，就带回局里了。

事儿就是这么个事，但我也不能一进去就把人放了，得按规矩来。我安排了个脾气好的女警察去审。小花没遇到过这阵仗，人一进去，她就全说了。对了，李铁龙的媳妇姓花，我们都叫她小花。

她说她卖原味丝袜已经有4个月了。她说她也不清楚男人们为什么变态地就喜欢闻她的脚汗味儿，但想着不违法，不损人，还能赚些麻将钱，就干了。普通一件20，配上当天穿丝袜的照片能卖到40。她把每天穿过的给老板，老板帮她去卖，有时候忙了则攒了一个星期一起送过去。除了丝袜，内衣也卖，包括内裤，而且越脏越好。她一开始不理解，后来想着能赚钱也就没管这么多，统统都卖。她说她知道错了，这种钱不该赚，请警察再给一次机会。女警察虽然脾气好，但也挺生气的，一直追问你怎么就这样了？这句一出口就把小花问哭了，跟竹筒倒豆子似的，从小时候开始的故事都讲了出来。

说小时候小花有个叔叔，是父亲的同事，平时没事会给小花买很多衣服然后亲自给她穿上。小花家只是普通的工薪阶层，有别人对自己的孩子表示善意当然是好事，一开始谁都没往那方面去想，就当寻常长辈对晚辈的亲昵举动。后来小花长大了，对此事有所抗拒，但抗拒没有太大的效果，小花也不敢跟家里说，直到上了大学才真正摆脱。

上了大学之后小花找了个男朋友，小花姿色属于中上，不乏追求者。那个男生也是苦苦追了半年小花才答应，上过床之后小花便被甩了。那个男生跟小花说，小花其实是他和室友打的一个赌，赌能不能在一年之内搞定小花，现在8个月，是他赢了。之后小花对现实生活中的爱情失去了兴趣，在网上寻找刺激，顺便赚些零花钱。

文、图、电，这些都可以与"爱"字组合，成为一个新的词语。前些年网络迅速发展，一些灰色地带的擦边球产业也随之兴起。大学期间闲着无聊小花做了好多类似的生意，也赚了不少钱。那时候穿的衣服，用的化妆品，绝不是她那个阶层的家庭能负担得起的。

你想问有没有线下的色情活动，是吗？小花说没有，她不敢。后来就是大学毕业了，开始相亲，相了一年多遇到了铁龙。除了不在一起之外，双方觉得对方都挺不错的，很快就结婚了。但因分居两地，平时见面也不多。她想着再去搞这些东西属于背叛感情，但想着卖衣服大概没事，结果还是被抓了进来。

审判到这里差不多结束了。我走进去，把小花放了出来，给她赔罪，说来晚了。小花认得我，我那天在她的婚礼上喝得酩酊大醉。她脸涨得通红，一直低着头。后来调回南京也是我主动提的，毕竟他们长期分居也不是办法，我和铁龙换了个儿，两边都不算损失。

你问为啥不离婚，离婚哪有这么容易，哪里是说离就能离的。就算没有感情，还得有财产分割啥的，而且得跟双方父母交涉。铁龙应该还是爱小花的，哪怕出了这档子事。而且他小时候生过一次大病，他在上学时候就是不争不抢的性格，日子能过下去就行了。铁龙上学的时候说过句话我记得特清楚，他跟我说，未来就是把过去坚定地留在绝境，人得向前看，不然活得可就太累了。这么说你都懂了没？

我是不是没跟你说为什么铁龙都走了，还对这个案子念念不忘。一开始我也不理解，一辈子刑警当下来，破不了的案子少说也有几十件，如果每一件都像石头一样压在心上，日子还过不过了？更何况这还只是个自杀，严格意义上都够不上刑事案件。还以为毕业这些年，我和他的差距已经这么大了。后来我看了一遍卷宗，看到死者的照片，才明白铁龙坚持的缘由。这个故事就早了，在我们大学那会儿。

我和铁龙是一个班，但宿舍隔得挺远。他运气不太好，跟上一级的三个老生分在同一个宿舍。本来男生之间就容易有矛盾，加上我们警校压力又大，火苗几乎一点就着。现在回过头想也能理解，人家哥仁住四人间住得挺好的，忽然你就插进来了。铁龙对事儿看得淡，淡归淡，可是他性子直，嘴不甜，不会说话，矛盾很快就爆发了。

最开始的我没有亲身经历，大多是道听途说，一个是作息问题，一个是习惯问题。我们大一进校要进行一个学期的军训以及体能训练，正常我们晚上10点就睡了，毕竟第二天5点就得起。大二舒服得多，辅导员的精力都在新生上，每天铁龙睡的时候，另外三个哥们儿还在联机打游戏，兴奋了还会吼上两句。我也不知道铁龙那时候埋怨过没有，这是第一，第二就是他们仁都抽烟。其实我们到了毕业，男生几乎没有不抽烟的，但是铁龙那时刚从高中上来，还不习惯烟味。有次训练被教官批评了，带着一肚子气回宿舍，看见那哥仁烟雾缭绕地在打游戏，也没说太极端的话，只是去把窗户开了，说了句"烟味这么大，也不开个窗户"。听到这句话，脾气最爆的那个当即就狠狠敲了一下键盘，但被邻床制止了："打团呢，先把这局打完，打完再说。"

那个时候我就听说暴脾气放出话来，要整一整铁龙。但他上操还照上，宿舍也照回，我那时候和铁龙还说不上熟，再说就算熟，我也只是个新生，也帮不了什么。

出事是在一个星期后了，那天晚上下起了雨，教官取消了我们的晚操，改为整理内务，我们都当放一个晚上的假。我从锁着的箱子里翻出电脑，刚想打两把游戏，就被舍友叫出来了，说二楼打起来了，还是我们的同学，赶紧去看看。

我有点不情愿，毕竟我又不是干部，冲锋在最前线不是我的责任，拉架同样不是。但为了看看热闹我还是下去了，我把电脑又锁了回去，甚至还锁了宿舍门。我到的时候已经快到尾声了，后来听舍友的复盘才大概知道了前因后果。

一开始是铁龙收东西，那仨在玩游戏，这跟过去一个月的任何一晚都没有差别。收完东西铁龙感觉到宿舍里有蚊子就去点了蚊香，他没有火，顺手拿了邻床学长的打火机。那一秒他犹豫了下，会不会是这个举动引起腥风血雨？铁龙很快用完就放下了，这些都没什么。等蚊香燃起小半圈，暴脾气站了起来，掰了掰两只手的关节："你点的蚊香？""对……对。"铁龙颤颤巍巍地回他，他知道是祸躲不过，他把背挺得直了一些。

"谁让你点蚊香的？"

"有蚊子。"

"我不知道有蚊子？"暴脾气一个巴掌呼了上来，铁龙没想到暴脾气这么快就上手了，没有思想准备，往后一个踉跄。

"我闻不了蚊香的味道！"暴脾气把语气放缓了一点，"我闻不得烟味。"

铁龙确定他就是在找碴了，"那我灭了就是。"他用手把蚊香拿起来，准备在最近的地方掰断。

"等下"，邻床说话了，他带了一副眼镜，眼睛在眼镜背后直转，"别掰，多浪费啊，吹灭就行。"

铁龙愣在那里，不知道该掰还是该吹，暴脾气紧接着打了第二个巴掌，"叫你吹听见没，聋了？"

第二个巴掌同样结结实实地落在了头上，铁龙拿着蚊香往后退了一步才站稳，蚊香烧剩下的灰全落在了铁龙的身上，狼狈和难堪沾了他一身。

更难堪的还不是这，而是宿舍的门没有关。这一切并不是发生在宿舍内的故事，外面已经有看热闹的围了上来。

铁龙想着吹灭就完了，多一事不如少一事，毕竟他才大一，以后的日子还长。他在老家守灵的时候吹过蜡烛，知道这时候气要足，吸一大口气，吹灭，这事就结束。但他没想到蚊香和蜡烛不一样，蚊香是吹不灭的，吹得越猛就会烧得越旺。铁龙吹了三四口才明白这个道理，他脸涨得通红，知道这是场羞辱，但没法躲过去。

他又吹了几下，抬起了头，他没说话，只是看着暴脾气，告诉他这样应该够了吧。

暴脾气也没说话，邻床的眼镜开口了："这就没气了？接着吹啊！"

铁龙有些无奈，他又吸了一口气，但没来得及吹出去，后背就被推了下，手中的蚊香被抢过去，砸在了暴脾气身上。之后就打了起来，铁龙不记得自己有没有动手，只记得自己没挨上几拳，大部分的拳头都落在班长身上。他也是后来才发现，帮他出头的是比他还要矮上一点的班长。

后来的事就没什么好说的了，暴脾气和班长一人挨了一个处分，当时我们吓得要死，但毕业时都给销了。铁龙一直很感激班长，但班长其实对我们每一个人都很好，一次演习我落在后面，他专门从领头羊的位置上退回来找我。我们之前每年都说要去找他喝酒，但总有这样那样的原因不能成行，后来就不行了，他——

他在一次行动中牺牲了，对我们警察也是常有的事，应该是3年前了。他长得跟这次的死者一模一样。

13

　　人总是能够轻易地被满足，就好比我之前在南京奥体看的一场江苏队的比赛，面对延边。赛前所有人都认为胜利是囊中之物，可是狂攻90分钟不下，反而被延边打进一个。江苏队一落后，看台上群情激昂，不是挥舞着钞票谩骂裁判黑哨，就是大声疾呼着要求主教练下课。那时的球迷已经到了绝望的边缘，一个压哨扳平的进球就能让球迷唱着歌回家。

　　现在的慕尼黑也是一样，走在站台上的人们无不脚下生风，面露喜色。情绪是会感染的，阿彻不自觉地也高兴起来，我不得不时不时拉他一下，提醒他我们的行李还没有找到，这是他们的喜事，不是我们的。

　　和人群一起快速行进的是一列列穿梭的火车，似乎是为了补上因恐怖袭击而失去的三四个小时，列车的上下客简单迅速，飞速地进站，飞速地开走。我颓唐地站在站台上，放弃了去找有没有IC2267的念头。我开始相信奥格斯堡工作人员所说的"车已到站"。我甚至开始用车站的无线网查询慕尼黑中国领事馆的位置，好去想退路。

不管怎样，留在中转站不成，今天还是要到市里去，中转站相当于市郊，这在慕尼黑地铁的辐射范围之内了。我们随意上了一辆往慕尼黑方向开的轨道车。已经过了12点，车上还有不少人，大概同是天涯沦落人。我们两个没有行李，面对面一人拉了一个把手，他等着车开动，我觉得总要有人说点什么，于是开了口："我觉得欧洲最人性化的就是人与人之间的信任，你看在中国，我们丢了行李哪还能坐这么久的车。"

"欧洲只是不在进站时检票罢了，在车上检票，你躲都躲不掉，到时候罚死你。"阿彻边说边摩挲着手指，看得出来，他是烟瘾犯了。我之前戒过一次烟，犯瘾的时候我嚼口香糖，嚼到糖尿病快出来的时候，差不多烟就戒了。但我现在连口香糖也没法给他，这些统统在我的包里不知被运往了何方。

"这倒也是，起码我们受益了，我们得感谢它。"

阿彻看了我一眼，没说话。

"对了，阿彻，你有孩子吗？"

我在没话找话，毕竟一定要比较的话，沉默更加难挨。

"没有。"离开了爱情这个话题，阿彻寡言了许多，"离婚早，没来得及要孩子，不过话说回来，要有了孩子，也未必就能离得掉了。"

"这倒也是。"

"你呢？"

"我不是跟你说过，我离结婚还有一段路呢，不过我孩子的名字已经想好了。"

阿彻放开手聚精会神地听我说。

"自念。男孩女孩都能用，跟墨痕一样，"

他身体前倾，微微侧着耳朵，在等我说个所以然。

我告诉他我23岁那年，出了第一本个人小说集，叫《亦已焉哉》。

"反是不思，亦已焉哉？"阿彻接上了这句。

我点了点头。

《诗经·卫风·氓》里的一句，意思是就这样吧。这几篇并不是我最好的作品，本来我想用"23"做书的名字，被编辑给否了。后来用了这个，个人作品集嘛，给自己一个交代就行了。再说，题目不就是层皮。

可是这跟你儿子有什么关系？

后来新书发布会，我们一起的一共10个人，发布会搞得很隆重，还专门请了个大学教授来点评我们。面上的好话说完了，开始说也有些不如人意的地方，现在有些年轻人好大喜功，名字取得怎样怎样，比如"亦已焉哉"，挺青春的小伙子就掉进了书袋。当时我也可以理解他，毕竟我是其中最年轻的，批评我也正常，倒是回到家后越想越气。那时我在读曹丕的《与吴质书》，里面有一句话说，"既伤逝者，宜自念也。"意思是既为死去的人伤怀，同时也自我反省。我就想行，我的第二本书就取名《宜自念也》。现在这么多年过去了，书出了很多本，为了迎合市场，取了好听的名字。当然现在那份心气早没了，这个名字倒是一直很喜欢，想着以后小孩可以叫这个名字，配钱，叫起来也好听。

阿彻听了摇摇头，似乎远没有达到他的期望。

"我要是你，我就给儿子取名钱不见古人，说出去多霸气啊。"

"是啊，霸气是霸气，到时候小学老师罚写自己的名字1000遍，别人写2000个字就行了，我儿子得写5000字。"

"一码归一码，我一直觉得名字长是一件特别酷的事。"他说要不是定居在中国，在派出所登记时通不过，不然他真想把自己的名字改掉，或者给将来的儿子取那个名字。

"叫什么？"

"俄耳普斯。"

"俄耳普斯？"我重复了一遍，名字让我想起了俄狄浦斯王，"希腊神话？"

阿彻点了点头，俄耳普斯是希腊神话中的诗人和歌手，善弹奏竖琴，曾用神乐压倒了海妖塞壬的妖艳歌声。他凭借音乐使欧律狄刻倾心，但在婚宴上欧律狄刻被毒蛇咬伤，俄耳普斯一气之下追到了地府。

"情种啊。"我忍不住打岔。

故事没有因我的打岔停下来。冥后也为他的音乐所感动，表示同意俄耳普斯带着欧律狄刻回到人间，但是离开地狱前不能回头，回头便意味着前功尽弃。

"但是有多少人能忍住不回头呢？"阿彻问我，他刚才没理我，我现在也不准备理他，任由他干说下去。

在地狱的出口，俄耳普斯想看着老婆是否在身后，有没有跟上来，导致欧律狄刻重新坠入阴间。俄耳普斯自己悲痛欲绝，在不久后因为拒绝参与酒神的庆典被杀死。故事就是这样。

中国人不都讲究一个好的彩头吗？我有些疑惑为什么要用一个悲剧人物给下一代取名，但我还没来得及问，他就主动提了出来。

"墨痕，你是不是不明白我为什么对这个名字情有独钟。"

"我倒是能理解你为什么喜欢这个名字，但喜欢是一个方面，用作名字是另一个方面，比如我喜欢老坛酸菜，我也不能叫钱老坛吧。"

"你不能理解也正常，等你再过几年，再过上一些年岁你就懂了。"他说的时候还带着微笑，我不是很喜欢这种语气，我们没在这个话题上深究下去，慕尼黑站很快就到了。

慕尼黑是个大站，数起来有六七十个车道供迎来送往。一个大站又按区域被分成了3个小站，分别服务着3个方向去的旅客。不过再热闹的地方也会有安静下来的时候，比如现在。我低头看了眼手表，1点08分，恐怖袭击过去7个小时，平息一个多小时，现在的慕尼黑风平浪静得跟什么都不曾发生一样。

阿彻的宾馆在两条街之外，我的就在火车站对面硕大的汉堡王旁边。阿彻说我英语不行，先送我去入住，完了他怎样都好。

我想着阿彻长着嘴也是说英语的嘴，要把整件事说清楚还得用德语给人家讲，否则人家更难明白。我趁着有无线，在谷歌翻译打了一大串的话，详细地讲了今夜的遭遇以及我们遇到的困难。然后一键翻译成了德语，截图保存。

宾馆前台是一个善良的老爷爷，我们进去的时候，他正在用下鼻梁架着老花镜看网上的新闻。我跟他核对了我的订单号和护照，然后把手机递给他。他认真看完之后，用尽量简洁的英语问我们："你们丢失了行李？"

我点了点头。

"丢在了火车上？"

我又点了点头。

然后老爷爷把手机还给我，把椅子拉到了电脑桌前，呢喃着什么。我凭借十几年的英语功底大概分辨出他在说，"不用怕，我来帮你们找找。""在德国，在巴伐利亚，我们这儿专门有个非营利机构在干这种事，叫'失物不担心'组织，名字很普通吧，但真的能做事呢！""让我先来登陆吧，看，让我填个表。""哦，糟糕，明天是周末，怕是要等到后天才能工作了。"

最后一句话我倒是真真切切地听在了耳朵里，这个晚上我经历的沮丧的事情太多了，这个消息也算是给这个晚上画上了一个完美的句号。我向他表达了谢意，我说没事的，那我再想想别的办法。

老头子一边说着让我想想还有什么主意，一边安慰我们说你们的行李一定会找到的，在德国，你们的东西是不会丢的。在其他地方，在欧洲别的地方他不敢保证，但在德国，It's ok，他一遍遍强调着It's ok，催眠得我也渐渐感觉什么都不算事。但是我太疲惫了，连脸上一个轻松的表情都做不出来了。

我打算上楼了，老头子拍了下脑门说有了，拿了一张纸，写上了"LOST&FOUND"，并在上面画了一个图案，告诉我这是德国铁路失物招领处的标志，等明天上班之后，去慕尼黑火车站找这个办公室就行。在火车上丢的东西肯定会在失物招领处，不管怎样，周末铁路是要上班的。要是那儿没有，他再给我想办法。

我再一次谢过了他，还学着他的语气说了一声"在德国，It's ok"。再怎么说有希望总比没有好，这时阿彻拉住了我。

"墨痕，我丢的行李其实不多，只是旅行纪念品什么的，还有就是奥特莱斯买的衣服。找得到固然好，找不到也就算了。我带的东西本就不多，重要的东西都在身上了。"

我不大明白阿彻现在说这话是什么意思，看起来是不太想找了。我只是一张冷脸摆在那里也没回话。阿彻赶忙解释道："但我会陪你一起找下去的，我是说如果你需要资金什么的，尽可以来找我。"

我是太困乏了，也没过多地招呼他，我觉得跟一个素昧平生的人能聊上6个小时，已是一种极致了。我只是跟他说那好，我们明天9点还在下车的地方见好了，说完我便上去睡了。

第二天我7点不到就醒了，想着行李还不知在何处，不能继续睡着，匆匆洗了澡，坐在床上听主持人用德语播报早间新闻。我硬是熬到了8点半，才在楼下买了个汉堡到了车站。

　　在车站等到了9点半还不见阿彻的人，我有点不耐烦，便自行去找。"LOST&FOUND"并不难找，坐台的一个人在看报纸，我把手机递给他，他大致扫了一眼，问我丢的包是大包还是小包。

　　我告诉他，一个大行李箱，两个小的购物袋，上面有中国字，听完之后他从里屋推出了两个行李箱，购物袋分别放在箱子上，看见我的28寸的黄色行李箱被推出来的一刻，我的眼神充满了光芒。另一个小行李箱估计是阿彻的。负责人说，这4件行李昨夜一起送过来的。

　　我把4件行李的保管费一起付了，付的时候我才体会到宾馆前台老爷爷说的"It's ok"是多么幸运。我忍不住大喊了一声"I love German"，German好像说成了Germany，我爱德国被我说成了我爱德国人，负责人奇怪地望着我。

　　后来我仍到那个地方去等阿彻，无奈一个半小时还没见到他。我料想他该是有什么事缠着脱不开身，可昨天走得急也没留下任何联系方式。找到了行李如同卸下了全部的重担，我算了下，昨夜只睡了不到4个小时，一阵困意铺天盖地地袭来。我把阿彻的箱子又推回了失物招领处，告诉光头说之后会有一个中国人过来领，并留下10欧元作为小费，想了想我又在他的箱子上留了一张纸条，纸条上是我的名字和我在国内的手机号码。

　　然后我回宾馆好好睡了一觉，直到第二天早晨。

14

"后来呢？"

刘局点起了听故事之后的第八根烟，几年不见不知道他的烟瘾现在这么大。每抽完一根，刘局还会细心地把烟蒂摆成同一种形状。为此我大为不满，仿佛我作为专业作家讲故事的业务能力受到了质疑。刘局说这是他的职业病，再难的案件抽光一包时也总会有眉目。现在的烟蒂被他摆成了"日"字形，七根，一目了然。

"我那个手机没开全球通也没开国际漫游，不在国内阿彻是打不进来的。我也不知道他打了没有。后来有联系是在两个月之后，那个时候他已经回国了，说他刚到上海，很快去南京。我说好啊，来南京了再聚聚。之后也只是停留在说，我们什么时候一起出来喝顿酒吧，从来没落到实处去，彼此心中对方都忙，即便在一个城市，见面的机会也不会多。"

刘局用力吸了口第八根烟，点了点头，表示同意我的说法。

"我知道了。"我忽然站了起来。

"知道什么？"刘局依旧忘我地抽烟。

"我知道阿彻往生前给我打电话是要说什么了。"

"说什么？"刘局摆出了一个马龙·白兰度在《教父》里的坐姿，下巴微微抬起，用鼻孔对着我。

"他说墨痕，我们一定要聚聚，我还有件事想跟你说说。"

"就这样？"

"就这样，然后就挂了电话。他就只是说有件事情在他心上，一定得找个人说叨说叨，我一定能懂他，我最合适。"

"你回他什么了？"

"那个时候我准备进夜店了，哪儿还有心思在别的东西上，能接电话就不错了。我当时想的是不是所有人都以有事说为借口约人出来吗，也没太理他。"

"那你知道是什么事吗？"第八根烟已经抽完了，我刚才还在猜第八根会如何摆布，被刘局拼成个什么形状，刘局抽完烟对我说的忽然来了兴趣，一下子把烟蒂全部推下了桌。

"猜到一点，不确定。"

"别管了，你都跟我说吧，我给你讲了3个故事，你才讲了一个，太不够意思了。别的我都知道了，说说他前妻，宋立秋。你知道的肯定不止卷宗上那些。没事，慢慢说吧。"

行，现在11点半了，你不饿的话，我就慢慢给你说。宋立秋的故事是在我们最后前往市里的车上阿彻讲给我听的，那时候我已经了解了他的两任女友，也就是和谷雨以及夏天的爱情。

在他讲述他前妻之前我就一直在揣测，如果我是阿彻，或者说我如果要写一个阿彻这样的男人，在经历了那样两段爱情之后，我会给这个人物找个什么样的姑娘作归宿。在阿彻开口之前，我脑中跳过几个模板，但都被我否决了，那几个人都足以跟阿彻共度一生，而不会成为前妻。

摆在阿彻面前的已经不再是红玫瑰还是白玫瑰的问题了，红的他尝过了，白的也试过了，他觉得都不是合适他的，他把目光转向了素一点的，最后看到了兰花草。只是阿彻不知道，并不是每一朵兰花草都是从山中带出来的。

大学毕业之后，阿彻就从法国回了上海，回来的时候外婆已病重了，阿彻的回国也于事无补，没两个月外婆就去世了，连夏天都没能熬过去。敬老院的人都说冬天过去了便是又赚了一年，外婆是可惜了。阿彻自己知道，活了80岁，外婆是把这个世界看够了才走的，唯一遗憾的是没能看到自己成亲。丧事一办完，阿彻就开始把结婚这件事当外婆的遗愿来做。

对了，这里我还得讲一下阿彻的家庭。阿彻姓牛，牛家在上海只是户普通的人家，阿彻的外婆家不一样，阿彻的外婆姓黄。姓黄没有什么稀奇的，但在20世纪三四十年代的上海，黄金荣的黄是个很了不得的姓。那个时候黄家是松江那块最大的地主。老太爷生了3个，外婆是老三，上面两个哥哥，常年在国外留学。新中国成立之后老大回来了，作为资本家代表支持公私合营，保留一些家产，头几年倒是保住了，几年后还是全部充了公。

外婆的二哥看大哥回国之后没有任何利好消息传来，便断了这颗红心。二哥向来是个谨小慎微的人，本来他和大哥都在香港，解放到广州的时候，大哥买机票回了上海。送完大哥去机场，二哥思前想后了很久，还是打点行李，放弃了香港的一切，去了英国。

大哥身体不好，睡得浅，多虑，失眠，总是整晚整晚睡不着。大哥以前习惯白天睡觉晚上工作，后来彻底断了念想，白天要自食其力，晚上还要参加各式各样的宣传学习，接受教育。不想工作你可以选择饿着，但是教育是不得不接受的，大哥没熬几年就过世了。

之后的故事就简单了，外婆嫁了一个寻常人家，过着和1000万上海人民一样的最平常的生活。因为身体原因，生了很多，只活下来阿彻妈一个。阿彻妈又遵循着相同的轨迹，找了个牛姓的工厂工人，生了阿彻。

改革开放之后，社会风气大变，阿彻他爸脑子活络，拉着他妈在工厂辞职下了海，开始几年做得还不错，他们一心向南走，也赚了一些钱，把家里的大件都买齐了。后来是1987年的春天，阿彻爸妈说是有一批货物要处理，把阿彻扔给外婆带半年，夫妻俩就向了南。半年后公安局带着两人的火化通知来找外婆，火化通知是4个月前发的，原因那栏上写的车祸。那年阿彻3岁。

故事就这样发展下去的话，阿彻应该过着最普通最平凡的生活，靠知识去改变命运。他所拥有的无非只是上海学籍，比江苏、山东这些高考"地狱模式"出来的考生多了几层防弹衣。故事的转折发生在阿彻高三那年，也就是跟谷雨谈恋爱那一年。外婆的二哥在英国娶了妻，但不知是哪方的原因，没能生子。中国传统文化的笼罩下他又没能下决心去领养。那年他的英国老伴过世，处理完后事想想在英国也没什么好留恋的，另一方面也预感到自己时日无多，想要叶落归根，便回了国。

两个老人隔了半个世纪再拥抱在一起，老泪纵横地谈论这50年各自的变迁。这50年于他们不再是不可逾越的天堑，而是潺潺的流水，慢慢向前流淌，洗涤着两颗年老的心灵。二哥回来是寻根的，世上流着黄家血脉的已经不剩几个了，他在英国也没指望国内的氏族能枝繁叶茂。当他听说还有位外孙在念高中时，遏制不住激动，当即表示只要流着黄家的血，不管姓什么都是他的孩子。有了阿彻，他的钱也不用带到地下去了。

有时候人就是这样，活到了一定年岁，看过足够多的世事变迁，未必觉得安然死去不是一个好的结局。二哥交代完了这件事仿佛放下了一个执念，一个月之后就离世了。他的遗产全存在了阿彻的头上。当然这些都是在外婆去世之后阿彻才知道的。不然以外婆的经济状况，根本无法支撑他在巴黎念书。

我没问阿彻那笔遗产有多少钱，我问他拿到这笔钱之后第一个想法是很什么，在猜他会不会想回去找夏天。阿彻也确实是这么回答我的，但是那不可能了。起因是经济，但他和夏天感情走到尽头，绝不只是经济而已。"有些故事还没讲完那就算了吧。"他已经没办法再去相信这段感情了。

宋立秋就是完成外婆遗愿时遇到的。外婆想要阿彻早日成婚但又不放心让阿彻自己去挑。自己不在了，没个参谋，还不知道阿彻会招来什么牛鬼蛇神。孩子条件本来就不差，现在又凭空掉了这么一大笔财富在头上，哪个女的不想要嫁过来？

外婆找到了李奶奶，李奶奶是她在养老院几年中关系最好的老太太，她信得过。她把事都跟李奶奶说了，她说："彻儿你也见过，孩子是好孩子，条件也不错。我只有一个要求，朴素，会过日子就行。秀芬啊，我家彻儿就交给你了。"秀芬是李奶奶的名字，老年人也容易动感情，说得老泪纵横，一边应承一边握着外婆的手："黄姐你放心，彻儿的事就是我的事。你安心地去，我把彻儿安排完，我就去陪你。你在那儿等着我，来世我们还做姐妹。"

李奶奶做事不含糊，没两个月已经给阿彻介绍了3个姑娘，严格按照外婆定的标准来，朴素且会过日子。这些姑娘都被阿彻拒绝了，有一个见了面，另外两个只看了照片就直接摇了手。问阿彻为什么，阿彻只是说没感觉。李奶奶有点不高兴，总是拒绝女孩，在女孩那儿她也抹不开面子，一把老脸了。她苦口婆心地劝阿彻，说什么你外婆临终前千叮咛万嘱咐，你这样我去了那边如何跟你外婆交代之类的一堆。一番话说得阿彻满心愧疚地找李奶奶赔罪，说自己没心思谈恋爱，外婆刚去世，事业也刚起步。李奶奶说你讲的我都懂，但都不是理由，男子汉可以先成家后立业嘛。而且你成家了也是对你外婆的一种尽孝啊。下个星期我再找个姑娘给你看看。彻儿啊，我把你也当孙子看，别摆少爷架子了。说完没等阿彻回应什么就走了。阿彻扳开手指算了一下，第四个第五个，下周再来两个就相了5个了。

没等到第五个，第四个就是宋立秋。

其实要问宋立秋是靠什么取胜的，她自己也说不上来。别说她，阿彻也搞不明白。强迫自己想也能想出答案，无非就是找个人过日子，找谁不一样，日子再差能差过和谷雨、夏天在一起过的日子吗，对他再好又能好过谷雨和夏天吗？有这种心态在，便是谁都可以，谁又都不行了。

阿彻对相亲的态度不对。

在当下这个时代，你已无法用好坏或者合适不合适来评价相亲这一相互认识的方式。我问过身边无数大龄未婚女青年或者年龄不太大但已被家里催着相亲的女孩。她们的态度分成截然不同的两种。大部分年纪不算太大的青年和少数经济、思想双独立的"剩女"坚决排斥相亲，她们要不就是从来没谈过恋爱，即便工作了仍然幻想着甜美的爱情，难以接受相亲成功之后立刻就要谈婚论嫁和生养，不愿进入"先结婚后恋爱"的模式，要不就是虽然年纪到了，但自觉还不至于被推入"相亲市场"，觉得自己还有余力来搏一搏，不想把自己的价值、家庭、容貌、能力，一切的一切放到秤上去，连血带肉地跟对方的房子车子做比较。

　　拥有这两种想法的女性都会排斥相亲，甚至在相亲过程中，早早戴上有色眼镜或是给别人戴上"找不到对象才来相亲"的帽子。剩下来的是第二种。第一种人随着年龄的增大，心态的放平，门槛的变低，慢慢也会变成第二种。第二种是接受相亲或者说接纳自己的。这种说来简单，用一句话就行了。我在念硕士博士的时候，问过同门几个频繁相亲的师姐，问她们不会觉得烦，不会觉得排斥吗？她们回答我往往只是用那一句话，她们说也还好，就当多认识个朋友嘛。这种态度跟相亲的男生想法很类似。自己只要付出一顿饭的价钱就能认识一个姑娘，只要你目的性不强，以及对象不奇葩，都能获得美的体验。

　　阿彻的态度微微偏向于女生的第一种，在他心中，爱情早已死掉了，怎样都不可能比过去更好。"年少时不能遇到太过惊艳的人。"这句话是对的。既然每一个都一样，不如就下一个吧。阿彻认可了宋立秋，告诉了李奶奶。

　　李奶奶吓了一跳。

　　李奶奶没想到宋立秋会成，她把宝押在第五个姑娘上。那个姑娘研究生在读，上海人，家庭也好，性格温柔，更重要的是说起来还跟她带上亲。李奶奶知道在跟阿彻谈过之后，阿彻一定会重视起来。态度解决好了，李奶奶怕阿彻在眼光上一时转不过来，她加了双保险，在自己的侄女之前，找了个苏州农村的姑娘给阿彻去相。她想先给阿彻看个次一点的，再给她看普通的，只要次的够次，普通的也能变成仙女。

听了阿彻的话，李奶奶含含糊糊地不知道说什么。阿彻问："李奶奶，有什么你直说呀，我这次是认真的。"李奶奶暗想，我怕就怕你这次认真咯。她支支吾吾地告诉阿彻，这个女孩家庭不太好，家里有个哥哥，还没结婚，要不咱再看看。阿彻摆了摆手，说就这个吧。阿彻被相亲弄得太疲惫了，已经没有精力或者欲望再认识下一个。

缓了一个月，李奶奶还在为走错了一步棋而生气，怎样都咽不下这口气。一个周末把电话打过去，前两个没通，第三个响了三声才通，电话一通里面尽是"呼呼"的风声，李奶奶问："彻儿你在哪儿，浦东还是浦西，崇明也刮不了这么大的风啊？"阿彻说："李奶奶，我在兰州呢！"李奶奶说："拉面？哪家拉面开这么大的电风扇啊，这都快11月了。"阿彻在电话那头听笑了，他大声地朝电话喊："李奶奶，我在西北呢，公司派我来这边。"李奶奶这才听明白，呢喃着"西北好，西北好"，然后不死心地追了一句："彻儿你什么时候回来啊？""我在这儿待3年，过年会回上海，回去看您去。"李奶奶扳着手指算了一下，3年之后她侄女29了，怕是不成，侄女也不可能跟着阿彻跑西北去，好好的上海小姑娘。这才就此作罢。

去西北的事也是跟宋立秋说好了的。去西北之前他们相处了一个月，一个月下来阿彻觉得宋立秋还行，没有谷雨的刻薄也没有夏天的强势。但和她俩一样会对自己好。要说缺憾也有，就是教育背景不同。你说动漫，她回你动画，你说KTV，她却还停留在卡拉OK，但在阿彻心中这些还好，反正他做任何宋立秋不理解的事宋立秋都会支持。最后就是有些工作上的问题，包括对国家大事、时事，没法一起讨论，她总是幼稚地看这个世界，但这也被阿彻所包容了。按阿彻的理论，每个人活到人生的三分之一才知道自己想要的是什么，生命太短暂，你要有时间去寻找自己喜欢的东西并努力得到已经很不容易。这时你不需要关心这件东西对不对，你只需要满足自己的内心。他觉得宋立秋就是当下能满足内心的东西，和她在一起很自由很快乐，什么都不用想，不用去考虑，也不用拼命为宋立秋争取什么，他觉得这就是生命的真谛。

但阿彻没有轻易陷下去，他担心一切都是假象。公司那时候恰好有个去甘肃开拓市场的机会，3年之后回来职位能上一个台阶。他主动申请了这个机会，走之前跟宋立秋说，你愿意等我3年的话，3年之后我就娶你。他知道对一个农村姑娘来说，在上海这座国际大都市心无旁骛地苦等3年是一个苛刻的条件。他想试试宋立秋，也想试试自己。

回来之后他们不出意外地结婚了，在甘肃的3年阿彻没有过多地跟我讲，只是说那3年他学到了很多，对自己的帮助很大，各个方面。他的婚礼也没有很铺张，只是小范围地庆祝了一下，请了4桌人，李奶奶都没有来。阿彻说他很反感形式主义的东西，但怎样宋立秋都很满足。

婚后没有孩子，结婚一年就离了。我问阿彻原因时，他一直闪烁其词不肯明说，只是说他把结婚想得简单了，结婚不仅仅是两个人的事。对于他这种托词我一个字都不相信。我问他不会是男女之事吧，都是男人我可以理解。阿彻摇摇手说不至于，今夜都说了这么多了，真的有什么也不会瞒我。对了，阿彻之前好像表示出对宋立秋哥哥有不满，说他是个禽兽，还做一些违法的勾当，别的就没了。

　　我想不到小叔子犯法跟离婚有什么关系。"宋立秋和犯法有关系吗？"阿彻摇头说没有。"那宋立秋要求你用关系把他哥哥弄出来或者少判几年？"阿彻又摇了摇头。那跟你们离婚有半毛钱关系，我想了想这句话还是没问出来，我知道再怎么问他都只会有同样的反应了，后来话题就被转到了别的地方。

　　故事讲完了。

　　"就是这样？"刘局有些意犹未尽。

　　"就是这样。"我目光直勾勾地看着他，"话都说到这份上了，我还瞒你什么？"

　　刘局若有所思地点了点头，"也是。"

　　"刘局，我问你，你和李sir办交接的时候，李sir有没有告诉你那天去监狱询问宋之的情况啊？"

　　"那天啊，小胡告诉我了，她说宋之嘴巴很紧，一口咬死了什么都不知道。那天李sir生气地拍了桌子，狱警也很没面子，但这都没吓到宋之。看起来他是个老油子了，也不想着减刑。但他倒是说牛阿彻这人做人有问题，朝三暮四，见一个爱一个。他说牛阿彻在巴黎有个前女友，还文了身，他的死没准就跟那个女的有关。这不李sir离任前最后一件事就是调查夏天嘛。"

"有什么结果吗？"

"能有什么结果，人家移民法国，孩子都好几个了。七八年没回国，难道梦中杀人吗？"

"那宋之说阿彻朝三暮四，是意指跟宋立秋结婚后，阿彻婚后出轨吗？"

"这点李sir也想到了，毕竟他们离婚时宋立秋提出的是要求牛阿彻净身出户。李sir问了宋之，宋之笑着让他自己去查。"

线索又一次断掉了，我没有继续说话，这一包烟已经抽完了。刘局从西装内衬口袋里掏出一包新的苏烟，给我一支，然后自己点上。我上学那会儿特别不理解为什么有人会带上几种不同的香烟出门，后来我进了社会才知道，这就跟人在社会上需要很多张面孔一样。

"墨痕，你听我说，现在别的我们都理清了，我们没弄懂的是为什么他们会离婚，以及宋之到底还隐瞒着什么，把这个弄懂就应该全明白了。"

我想说动动嘴巴当然容易，真正弄清爽哪里是轻松的事。还没开口刘局的电话响了起来。他看了一眼屏幕，掐断了烟，告诉我事情可能有转机，来电的是小胡。

15

"你在想什么？"

时间是下午3点半，地点是德基广场地下一层的星巴克，对话者是我和小胡。她问，我还没回答。10分钟之前我到了这里，5分钟之前她坐到了我对面，这是我们之间的第一句话。

"我在想如果以你的性格写一个女人，我要配上一个什么样的男人。"小胡听完白了我一眼，意思是完全没有兴趣去听我闲扯。我当然没说实话，其实我想的是如果以小胡为原型写一个女警察，要怎样把她写死才是一个好故事。这种话我说出口会有两种结局，要不她转身就走，要不就是这种尴尬的氛围将持续到刘局办完事回来。

我告诉她我也不是闲着没事，工作日的午后来吹牛的，堂堂德基都没几个人像我俩一样，大下午的没事干，赖在星巴克，完了还啥都不点。我问她要喝什么，她低头忙着刷微博，星巴克是整个德基广场无线网最快的地方，她头也没抬，说了声跟你一样。

5分钟之后，我端了两杯星冰乐回到座位，开始端详对面的这个姑娘，乍一看再普通不过，看久了也能看出另一番味道，除了警察身份赋予的英气，倒还有另一种温柔。

"你是什么星座？"

"巨蟹。"她的眼皮慢慢抬起来，"怎么，你对星座还有研究？"

"研究倒也说不上，了解一点，我和你们刘局是一个星座的。"

小胡听到"刘局"笑了起来："你知道他叫'刘局'啊，他来的时候自我介绍他的绰号叫'刘局'，说完局里所有人都在笑，只有一个人不笑，那就是我们局长，局长姓付。"

我喝的时候没注意，听她这句一下子被烫到了舌头，一边喘气一边告诉她，我和刘局大学时候就认识了，我们都是射手座。我之前从来不信星座，直到有一天，我看一本书上说射手座的人都长得好看，我才信了。

"切——那本书后来一定都没卖出去吧。"小胡向我表示了不屑，"不对啊，射手座不是都花心嘛，我看刘局长了一张专一的脸啊。"

我摇了摇头，忍不住去为射手座正名："射手座可不是花心，射手座的专一是多向性的，他可以对每一个都很专一，对每一个都不愿放弃。比如你有男朋友，你又遇上了一个更好的人，同时也有了感情，你会怎么办？你们一般会权衡然后放弃一个是不是，但射手座不会，他两边都不想放弃，射手座的专心是这样的。"

"这哪里是专心，这是贪心吧。"小胡冷笑了一声。

我想了想，贪心这个词倒是能更好地概括："阿彻就是典型的射手座，要不他也不会选择死亡了。"

小胡附和了我的观点："难怪他抑郁症那么严重。"

"他有抑郁症？"这倒是我不知道的。

小胡点点头，说已经找到了阿彻的病历。他家里也有少量抗抑郁的药物以及大量安眠药，然后她跟我说："案子等刘局回来继续，你怎么忽然问我星座，收集星座？"

我总不能告诉她我在没话找话，室内不许抽烟，我闲的时候连可干的事都没有。她提到"收集星座"我还挺意外的，第一次听到还是四五年前读研那会儿，宿舍里有个特爱旅游的哥们儿，前脚完成导师的课题，后脚就买机票去了泸沽湖。一个星期后回来灰头土脸。

我们几个还挺意外的，问他兄弟咋了，是风景不好还是天气不好，难道是被人骗了？

他说都不是。

我说没艳遇就没艳遇呗，要是艳遇都跟肯德基似的，隔条街就能遇到一个，那还有什么稀奇的？

他冲我摇了摇头，然后告诉我，艳遇是有的，去湖边第一天他就遇到了一个妹子，各方面聊的都十分契合，头一天在湖边聊了一夜，第二天就住到一起去了，之后的几天几乎如影随形。到第五天的时候，女孩要走了，同学说觉得女孩各方面都挺好的，要不留个联系方式，我们正儿八经交往看看，也不算浪费了这次缘分。女孩笑了，笑得同学心里发虚，笑了一会儿女孩说，他是最后一个。同学不解，问什么最后一个。女孩说他是双子座，是十二星座的最后一个，她现在已经集齐十二星座了。完了她还说自己也是双子座，双子座的性格应该是"今夜我为你付出全部，明天你叫什么名字。"室友不太像双子座，双子座应该更酷一点。然后就分道扬镳了。

"你连收集十二星座都知道，人不可貌相啊。"

"什么呀，"小胡赶忙解释，"我之前有个同事，文青，干过这事。说什么青春要疯狂一把，我一直不理解嘛。但是因为关系好，也尊重她，只要她保护好自己就行。"停了两秒怕引起歧义又补充了一句："我当小学老师时候的同事。"

"老师？现在小学老师玩得那么开？我妈给人介绍对象说，最吃香的就是护士和小学老师。"

"喂喂喂，你这可是职业歧视。小学老师也是人，也有自己的生活，你别乱扣帽子行不行。"

这个女人的嘴确实厉害，我伸出两只手，同时做出下压的手势，表示我们不在这个问题上深究下去了。不过她那句话确实噎得我没有话说，人从事的行业和自己所拥有的生活应该是两条平行线，换句话说人的一生应该过上几种不同的生活，这才叫人生的宽度。我转移了话题："你不是教师，怎么当上警察了？"听了我这个问题她彻底放下了手机，似乎对这个问题有很多话想说。

她问我，你从小到大是好学生吗？

我摇了摇头。从来都是我的同桌扮演老师的心腹，而我扮演老师的心腹大患，但有几任老师对我还不错。

她说，讲讲？

讲讲就讲讲，也没什么好讲的。男孩嘛，你知道都调皮捣蛋，但我们家会送礼，所以老师对我还不错，犯错误会批评，但不会过于为难。我那个时候的语文老师每堂作文课都会把我写的作文当范文读，其实我的每一篇作文都是抄作文书上的。四年级有一天，我和班上一个男生打起来了，其实男孩子打架本就没有对错之分，要说起来错在我还更多一些。但那天打完架之后老师把我俩叫到办公室里去，一进去就给我拉了把椅子让我坐下，全程都在训斥另一个男孩，老师连情况都不问心里就已经有了判断。那天其实我做好了被骂的准备，从办公室出来心里一点都不好受。四年级的男生已经开始有自己的想法了，那天回家路上，我一直想着他被批评只是因为他是倒数第一，他就要承受这些，而我不知道他的角色哪一天就会换到我的身上。

小胡听完眼神一亮，她说，你能这样说，我说的你肯定就能懂了。她说我从小扮演的就是那个被骂者的角色，父母一直在忙着做生意，也不管我。我那时候天天跟男生混在一起，是个孩子王。老师也不喜欢我，觉得我成天给他们惹事。但好在我学习成绩不错，他们想只要我不惹事，他们也不会主动找我茬。让我印象很深的是二年级那会儿，我期中考试考了98分，数学差了两分。我从小对成绩都无所谓，看到98分还挺高兴的。但卷子发下来我发现我那道题其实是被改错了，下了课我去找老师。数学老师硬说我是用橡皮改过的，改成了正确答案。我当时委屈极了，我想给所有的人看，我的试卷上没有橡皮擦过的痕迹，但是没有一个人走向我，来看一眼。

若只是这样也就完了，我心大，也不记事。可怕的是那学期结束之后，我父母因为工作原因，要帮我办转学。我的班主任也就是那个数学老师知道了，在全班说了我98分的事件，指名道姓地说我为了获得满分采取欺诈的手段，现在就这样，不知道以后会做出什么违法犯罪的事，但是好在害群之马在这个学期结束之后就不在这个班了，这两个月内谁想成为和她一样的人大可以继续跟她一起玩。从那天之后我的身边便没有一个朋友。现在想起来我小学的大部分事情都不记得了，唯独这一件历历在目。后来我就下定决心要做一个小学老师，我不敢相信一个小学老师可以这么坏，我那个时候才二年级啊，她怎么能发动全班去孤立一个二年级的女生。

我坐在小胡对面，看着她在叙述过程中身体微微颤抖，看得出来这件事于她还没有完全过去。我把点的慕斯蛋糕往前推了推，出于礼貌没有打断她。她说了句"谢谢"，继续往下讲。

后来我随着年纪的增长，慢慢不那么调皮了，有女孩的样子了，安静了很多。之后当然也发生了各种奇形怪状的事，只是主角都换成了别人。我从小就立下了当老师的志愿，高考的分数我能去南京最好的大学，但我去了南京最好的师范学校。当时家里所有人都在劝我，但都没有用。

我点了点头，赞同了小胡的看法。我立志当作家之前也曾想过要当老师，后来想想凭借自己的德才胜任不了教师这个神圣的职业，这才去写了小说。

小胡说，上了大学之后才意识到教育为什么不行，江苏最好的师范学校，学生都在干吗？男生在打游戏，女生在追剧。看书上进的当然有，但真的就是凤毛麟角。全江苏最好的师范学校都这样，更何况那么多小的师范学院，以及师专？中国最优秀的学生去学了工程，去学了军事，去学了金融，剩下的去学了教育，反过来再去教我们的孩子。

四年后毕业我们就会进入中小学，我们这个大学出来的学生，小学会抢着要。我有个相识的学姐，大我一届，那时候她大四，我大三，每天学校实习完都会回来跟我吐槽。学姐不是一个很有耐心的人，几个调皮的男生就能逼得她崩溃大哭，那个时候每天晚上我都会陪她在学校操场上走好几圈，她什么都跟我讲。几乎就是她实一半的习，我实一半的习。

她说班里别的人还好，就是有几个调皮的男生，她压不住，比如有一个叫小亮。那个时候她带四年级，四年级的小亮已经可以满口脏话去称呼别人了。学姐刚开始实习，耐心很足。学姐温柔地把那个男生领过来说，你这样不对，骂人的都不是好人。11岁的小亮完全不把学姐的话放在心上，一句话就给怼了回来，他说我爸在家里从来都是这样的。学姐又能说什么呢？还是这个小亮，有一次数学考试把两个公式用混了，回家跟家长说实习老师教错了，家长甚至找到了学校破口大骂，张口就是我择校费给了多少万，怎么还是如此素质的老师来教我的儿子。那段时间学姐回来就找我诉苦，我大多扮演着倾听者的角色，也提不上什么意见。那个时候我就坚定了一个想法，毕业以后一定要考去一个名牌小学，这样起码可以摆脱低素质的家长。

但有时候除外，还有个调皮的男孩子叫小星，他喜欢捉弄学姐，类似上课时候扔粉笔给坐在教室最后听课的学姐，还有掀学姐的裙子，翻学姐的包。那次翻学姐的包，学姐当着全班学生的面发了火，小星整个人愣在那里，完全没想到会是这样的结果。回来学姐跟我说她现在明白了为什么小学教师当几年嗓门就会变大，嗓门不大根本压不住。等她说完我跟她说，小星其实不坏。学姐说，是不坏，没人说他坏，就是太调皮了。我说，他调皮，他捉弄你，有没有可能只是想吸引你的注意力，这种小孩平时缺少关注，才会做出不一样的举动，他们其实心里更敏感，更应该得到关注。学姐有点疑惑地问我是怎么看出来的，她说小星出自单亲家庭，跟着母亲，母亲在菜场卖菜，顾不上他。我见说的话起了作用，接着跟学姐说，我觉得私底下批评更好，小孩子看起来大大咧咧的，其实脸皮跟纸一样，你当众骂他他可能会记很长时间，表扬倒是应该当众表扬。学姐问我没有实习怎么知道这么多"实战经验"，说我以后毕业了肯定是个好老师。我回说，我就是那个小星。

小胡说的那些我小时候也经历过一些。小时候老师对我做的种种搁现在我也能理解，谁会喜欢一个老给你添麻烦的人呢？小胡说的一切仿佛像放电影一样在我脑中播着我童年的故事，只是想不到小学教育发展了这么多年还是这样。电影播完了，我忍不住插了一句嘴："说得好，可是你还没有说你为什么辞职来警察局。"

"你别急，马上就到了——"

我成绩什么的还不错，之前说过了，加上我又擅长考试，毕业那年考南京教师编制我考了四城区第一名。南京市建邺、秦淮、鼓楼、玄武四个区一起招聘，几千个人考，我第一名。后来面试正常发挥，顺利进入了南京最好的小学。还是那个学姐给我的教训，一定要去最好的小学。那个时候我的老师都在开我玩笑，说谁娶了我就等于娶了1000万。我不解，老师说，娶了你首先不用买学区房就可以上南京最好的小学，这是第一；第二是这个学校每年都有几个直升南外附中的机会，这个机会完全是看档案。你是在职教师，把自己孩子档案弄得漂亮些轻而易举。南外附中之后是南外，南京外国语学校不用我说了吧，每年半数以上的学生保送清华北大加外国名校，只有少数学生参加高考，即使这样，还席卷了无数的状元，这么说1000万是不是还说少了。

我去上班的时候还真是春风得意的，毕竟是南京最好的小学，多少双羡慕的眼睛盯着我。上了几个月班我发现我错了。

　　小学是实行师徒制度的，一个新老师往往会安排一个老教师带你。倒不是说老教师不好，小学老师本就是个相对古板的职业，几十年的教学经验会使这种古板更加根深蒂固。某种意义上这也是为什么20世纪90年代末开始实施减负，往后几年就会来一次教学改革，到现在还站在原地的原因。教师有着自己的一套思维模式，而老教师带我们，使我们缩手缩脚，无法将大学学的新东西付诸教学，而等到我们有足够的资历和话语权时，那些东西早不知被我们扔到了何处。

　　我还算里面不一样的，明面上我会听师傅的，私底下一个人带班我又会教一些新东西。当然也被批评过，甚至上着课被路过巡视的校长直接赶下讲台过。师傅批评我的时候苦口婆心，说不是不让你教这些东西，这些东西有什么用，我总是唯唯诺诺地应着，不敢说"全面发展"之类的话。师傅见我不说话接着说，这样搞成绩掉下来怎么办。这才是关键，素质教育只是一句空话，再好的学校也不能免俗。

　　但听听也就过去了，我总当耳旁风，我的班成绩不错，不少年轻老师开始效仿我的模式，教导主任恨我恨得牙痒痒，但也没什么办法。转折点是一次期中考试，我给我们班一个学生改作文，有一个错别字忘了圈出来。第二天那个学生的家长将那张试卷复印了500份，放学时在校门口逢人便发，五年级三班的班主任怎样水平差。校长亲自出门赔礼才把500份试卷带来的影响压下去。事后校长找我好好谈了一下，甚至以停职威胁。那之后我才消停了，按传统的方法来教学。

　　其实我也能理解那个家长，把小孩送到南京最好的学校对每个阶层的家庭来说都是一件大事，理应得到最好的照顾。其实老师最怕的不是对老师严格要求的家长，最怕的是平时不闻不问，一有问题就来学校吹毛求疵的人。对了，墨痕，你以后有了孩子会辅导他写作业吗？

　　"什么？"我一直扮演着倾听者的角色，她忽然点我，我一点反应都没有。

　　"你以后有了孩子，会每天看着他写作业吗？"

　　"大概不会。我有自己的工作，一天下来，我大概不会再有精力去看管一个孩子完成作业。"一个大学教授去看小学生写作业，我觉得还有一点荒谬。

　　"对，这就是教师和家长的分歧所在。家长认为把学生送进学校就全权交给老师负责了。而站在老师的角度，教育必须是家长和校方合力的结果。"

　　"可是我花几万的择校费，甚至花几百万买学区房，就是想给孩子一个优秀的教育环境，同时也好让自己省点心。你说上了学还让我费心看着，我心里接受不了也是情理之中吧。"

　　"你说的我都能理解。但你想孩子在低年龄段的时候几乎是没有自觉性的。你不看着他，他怎么会自己做，怎么可能少得了家长的协助？你再站在老师的角度想想，一个班那么多人，如果全靠老师，老师哪里能顾得过来。"

　　小胡这么一说，倒是有点把我说动了："你们小学也是大班？"

"是，本来是小班的，后来名声越叫越响。很多人的孩子都想进来，你知道为了升学率，有些学生是学校主动要的，而有些学生是学校无法拒绝的。这样下来学生人数越来越多。在教室、老师固定的情况下，小班也被撑成大班了。"

"这是你离开的原因？"

"还不是。"

"还不是？"

"不是，我离开学校是因为办公室文化。我不是职业歧视，你觉得小学老师课余时间会干吗？他们上完课，改完作业，其余时间很少看书，我没有办法想象一个很少看书的小学老师如何去教几十年的书，带成千上万个学生。对了，还有攀比。"

"攀比？"

"攀比。比孩子，比老公，这种办公室文化太差了，我不敢想象几年后的自己会变得跟他们一样。"

"可是任何一个职业女性，或者说工作后的人状态都差不多吧。看书？看书对现代人来说太奢侈了。中国现在的年人均阅读量还不足5本，这还包括了中小学教材，这对每个行业都一样吧。"

小胡听完叹了口气："也许吧。是啊，每个行业都一样，只不过人们对教师的期望和要求会更高，总觉得这个职业天生就该不一样，可是社会又不会给这份'天生不一样'更高的酬劳或者别的什么回报，给予的只是要求和压力。而且那时我还太小了，只有26岁，我也无法看见教师行业之外的东西，正因为此，外面的世界特别吸引我。我想趁我还有心力离开这个泥潭的时候抓紧离开，到时候陷进去就一辈子在里面了。"

"泥潭？说教师行业是泥潭有些过分了吧。"

"我再给你说个例子吧。我有两个同学，一个热爱这行，一个不热爱。不热爱的那个大学期间一直在外面做家教，每天回来就往床上一躺，累得什么事都做不了。我问她既然不喜欢又何苦在这个上面如此拼命。她凄凉地回了一句有什么办法呢，人总要有个职业啊！还有个热爱这行，曾在我们的专业课上当众跟老师吵了起来，原因就是那个老师批评新潮的教学方法只知道唱唱跳跳，不注重知识的传授。不过这个同学工作几年完全变了模样，再没有几年前那般充满理想的劲头了。上一次见面是两年前，我问她最近工作怎样，她说她办公室那些老教师说得对，每天完成教学目标就行了，几个自己喜欢的学生抓抓好就完了，这个职业又不全是蜡烛，哪还能真的牺牲自己去照亮他人。我问她在学校那会不是说不放弃每个学生吗，怎么几年就变了。她说就这么点工资，我是想，但钱不允许啊。再说一个班60个人，你要给我一个班20人，我保证每个人都全心全意。我之后没再跟她聊过，她的理想已经死掉了。真有她带20个人的班的时候，她又会憧憬5个人的超小班。"

我摇了摇头，也许这些终究是少部分人吧。

"总会有优秀的教师和优秀的人的，但有多少幸运的家庭能承受这样的概率呢？我辞职那会儿想，如果可以，一定要把孩子送到国外去，要不私立学校也好。"

　　我叹了一口气："谁说私立就一定好呢？要我说其实解决问题的方法很简单，把老师的薪水大幅度提高。这样考教师编制的人会增多，师范院校分数线拉高，无形中会收到更多优质生源，良性循环。

　　"后来我辞职了，托关系来了警局这边。我在学校无法想通怎样解决问题，无法向那么多学生、那么多家长交代，而在这里我只要对自己的良心有所交代就行了。"小胡顿了顿，"不说我了，说说刘局吧。你们是怎么认识的，他是个什么样的人啊？我还不了解这个新领导呢！"

　　我说："现在很流行说不要输在起跑线上，要说起来，刘局就是那个出生就在终点线上的人。"

　　我的长篇大论还没说出，刘局从后门走了进来。

　　"你们在说我，在说我什么啊？"

16

刘局进门敲了两下桌子告诉我们时间紧迫，言归正传。我茫然地看着他，眼里一点正传的影子都没有。他猜出小胡没有跟我谈案情，他告诉我阿彻的手机已经被还原了，我不是最后一个联系者，在我之后他还打了一个电话，电话没有通，他删除了那条记录。

听完这话我心里有种奇妙的缓释感，倒也不追究阿彻怎么没把我的那条也一起删了："是个女人？"

"是个女人。"猜到我在想什么，刘局补充了一句，"不是我们之前调查的任何一个，是一个新人物，我们又有事做了。"

大概是职业病，有了新线索之后的刘局每一句话都说得异常兴奋，他告诉我们刚才两个小时他去局里查到了这个号码主人的身份，并查到了她的一些资料。

身份证上的名字叫米雪，一般自称小米，阿彻手机上的备注也是小米，27岁，小阿彻8岁。身份证照片是8年前照的，画了很精致的妆，但本身底子应该也不差。职业写的是自由职业者。看到这里，刘局补充了一句："之前在夜场做过。"

"陪酒吗，还是就是公主？"

在夜场工作的一般有三种人，一种是帮人订台的，需要有强大的社会网，认识的人越多找你订台子的人越多，凭借台子你拿提成。帮人订台这活儿男女都干，为了讨好客户，陪客户喝酒是常有的事。另一种是服务员，男的叫少爷，女的叫公主，名字叫得很光鲜，其实做的就是端茶送水的服务工作，这类人不出台，也就是所谓的卖艺不卖身，相应的薪水也不那么多。最后一种则是陪酒，根据酒的价格和数量来拿钱，而这些都取决于你"陪"得到位与否。

"不知道，档案里没写，那家夜场在市里几次大的扫黄中都未被波及。但这个小米倒是有案底，今年4月份因为有伤风化被局里拘留过几天。"

听完小胡抽了口气，露出了仅限于女人对女人的鄙夷的神色。"是卖淫？"我追问了一句。

刘局摇了摇头："倒也不算。听局里的小伙子说，那天是一个辅警发现的，在河西较偏的一个公园里，因为那个公园地理位置偏，灯光暗，加上没有大片空旷的场地，倒也没什么老太太跳广场舞。"

"是晚上？"

"是晚上，辅警经过的时候看见两个男的和一个女的在树林深处搂搂抱抱，一开始还以为是大学生闹着玩，后来职业性地叫了一声，就问你们在那儿干什么呢？然后两个男的很慌张地跑了，女的还在原地整理衣服，就给带回来了。"

"他们是在——"想着小胡还在，我只是把嘴巴张了张，把"做爱"两个字吞了进去。

"是吧，辅警也以为是卖淫，但没审出什么，米雪说不出那两人的姓名、职业、联系方式，只说是朋友。但因为没找到交易，也不好定性。最后按有伤风化拘留了几天，完了被一个中年女人带回去的，局里都传是她的妈咪，也就是老鸨。但也只是猜测。"

原来是这样，我顺着档案往下看。她来自江苏北部的一个小城市，毕业于南京一所不错的本二院校。我没想到她还正儿八经读过大学。没有工作履历，社会保险倒是一直没断过。

档案到这里就结束了，我推给了小胡，小胡又把它们整理好放回了档案袋，"所以米雪现在人在哪儿？"我问刘局。

刘局下意识地掏出一根烟，才想起星巴克不让抽烟，倒插着放了回去，告诉我们，米雪租住在雨花台区，他已经派人去找了。刘局看了下手表，说现在他的人该是已经到了，顺利的话一个小时之后就能带米雪回局里。我们现在要回局里准备，今天晚上的加班怕是免不了。

说完他让小胡先走，我们俩慢悠悠地拖在后面，我知道刘局是有话跟我说，便问是什么事？

他说你就不用一起回局里了。

　　"现在利用完我了，又不让我参与了？是不是觉得刚来南京就带外人参与审讯会影响仕途啊，刘局。"我仗着与他的关系，有心跟他打趣。

　　"别急，墨痕。我是有更重要的事要你帮忙。"

　　我扬起眉毛看着他，等着他往下说。他掏出了手机，在微信里打了一行字，按下了发送。我手机的信息提示音响了起来。"我发你微信了。"

　　我掏出手机，刘局发给我的是一个地址，鼓楼区热河路之后跟着一串，"几个意思？"

　　"这是那天带走米雪的妈咪留下的地址。"

　　"你怎么就确定她是个妈咪？你又没亲眼见到。"

　　"去看了不就知道了？"

　　"可是不对啊，刘局。米雪现在住在雨花台了，这个在热河路，相差七八公里呢，不可能这么远吧。"

　　"是，这点我也想到了。我猜大概是以前的妈咪吧。现在米雪已经不在那儿了，才搬去了雨花台。反正这些在局里一问就出来了。"

　　"所以你是要我——"我已经猜到刘局是要我深入敌后了。我只是没想到，警察身份的刘局还会要我做这样的事，我想听他亲口说出来。

　　刘局点了点头："我有种预感，整件事真的和这个米雪有直接或者间接的关系，阿彻已经死了，最后一个电话米雪又没有接到，即便出于害怕，米雪也不会说出来，更何况米雪

并不是清白的，她有案底在。我怕正面强攻不下来，总要有
Plan B。"

"你要我侧面迂回，从她的妈咪或者'同事'那儿打听
关于阿彻的事？"得到肯定的答复之后，我思忖了会儿，答应
了他："但我要求得到你们询问米雪的所有资料，方便我去调
查。如果你们得不了手，我再去。"

"墨痕，别人不知道你，我还不知道你？别假正经了。"
他拍打了一下我的肩膀，"你说的都不是问题，晚上询问完了
我就call你。"

"行，这样就好。热河路那儿我还挺熟悉的。"

"南京哪儿你不熟啊！"刘局朝我挤眉弄眼。

"去你的。对了，这个经费你报销吗？"

"报销什么，事成之后我请你吃鸡。"说完他大步向前
离开。

他最后一句话我不用想也知道他在吹牛。从认识起他就说
要请我吃鸡，那时候我们都还没从学校毕业。说归说，从来没
有兑现过。

不过我说我对热河路了解倒是真的，大四上学期准备考
研，宿舍太吵就搬了出来。但那几年南京房价跟跳水似的，从
下往上跳。我一个学生，房租只能从生活费里去抠，找了一圈
决定搬到热河路。热河路到头是南京火车西站，外来务工的大
多选在这里落脚，过着早出晚归的生活。正因为此，我也能落

个清静，方便白天的复习。

那段日子我一天出两次门，早上起来出去吃早饭，中午大部分用泡面解决，晚上早的话七八点，晚的话10点多出去吃个晚饭。我走出去的那条路两旁都是洗头房，那里的小姐姐会坐在椅子上大声对我吆喝，我不好意思直视她们，只敢用余光去瞄。那时的我时常会纳闷，为什么我一天出去两次，却还能次次看见她们。有时候夜里复习得饿了，一两点爬起来吃夜宵，她们还在挑灯夜战。

后来我才知道，她们正常的工作时间就是晚上7点到早上7点。早上的时候生意还不错，不少老男人利用出工前的空当或是晨勃来上一发。而女人们则在赚完最后一笔钱后上床睡觉。她们大多30岁到40岁，20多的偶尔有，但做两个月就会被洗浴中心或者大酒店挖走。这行流动性很大，差不多半年就会换一批。30多岁的大部分已经结婚了，她们的老公也在热河路上，或是在打工，或是在混日子。每个人都有自己的生活，都是一座孤岛，没人来救我，我也救不了别人。

刘局给我的地址是一个会所性质的KTV，得从里面的暗门进去。我对热河路再熟悉也是7年前的事了，我能确定的只是7年前这里还坦坦荡荡。

我在离那儿最近的快捷宾馆订了一个星期的房间，然后下楼找到一家相识的馄饨摊，摊主没变。那个慈祥的老板甚至现在还记得我不要葱多放辣油，然后再问我一句"啊是"。6点还没什么客人，馄饨摊营业的高峰在10点到凌晨，那时下工的人都想来喝一碗汤水，那也是热河路一天中最热闹的时间。考研前一周持续失眠，有一天我索性没睡，从晚上10点坐到第二天天亮。晚上10点来的是加班的白领，他们多去麻辣烫的摊位，点上豆皮、金针菇，涮上喜欢的蔬菜，有的人还会拿些泡面或是点上炒饭，20分钟就能解决肚皮的问题。晚上11点之后便是吃夜宵的人了，什么人都有，堂食或者打包，喝啤酒，撸烤串，吃多了会笑，喝多了会哭，谈的无非是房子、车子、孩子、父母，还有这个社会。过了零点酒吧的人下班了，馄饨摊和炒面摊会迎来一天中最火爆的时间点。围了一大圈的人，他们大多以外卖为主，从酒吧出来的人已经累得不想再在外面多待一分钟，像是一离开奢靡的灯光就失去了行走的力量。凌晨1点之前多是男生，1点之后就有很多女生了。女生妆容很浓，浓到看不出妆容下的五官是什么模样，但无一例外身材都很好。等待过程中聊的无非是在哪个酒吧看见了哪个明星，搂着哪个新的小姑娘。凌晨2点之后人就少了，很多出租车司机跑累了会来固定摊点喝上一碗热汤。有时候摊主也不会要他们钱，他们三三两两坐在一起，谈论着莫愁湖旁又多了几个站街女，看年龄不过18岁，生活真是不容易。到凌晨4点就只有酒吧打杂的小伙了，二十四五岁的大哥一边喝着啤酒一边以过来人的口气对身边的新人小弟说，不要对酒吧夜场的小姑娘投入感情，"那些花瓶不是你负担得起的。"当然在所有时间段都有洗头房的妈咪，帮店里面的小姐出来买吃的，小姐们一般不出那个"玻璃房子"，妈咪们匆匆买完匆匆回去，偶尔感叹几句生意不好做，大部分时候都不说话。天亮之后，老板收摊的间隙问我看出什么了，我回他没看出什么，确实没看出什么，职业没有高低贵贱，都是努力在南京城活下去的最普通的一群人。

端上馄饨，老板问我考上了没，我说考上了，我都毕业了。老板听了很高兴，高兴到又给我加了勺辣油，但几秒之后，老板开始跟我絮叨他不争气的儿子，说他儿子毕业了，找不到工作，又不愿跟他出来卖馄饨，天天在家躺着。我依稀记得考研那会儿，没什么人的时候，老板也会跟我絮叨他儿子不努力，怕是考不上高中，考不上就让他跟自己卖馄饨。吃完馄饨我像7年前一样掏出10元等他找零，7年，南京的房价涨了3倍，股市跌破了2000点又回到了4000点，小馄饨不过涨了2元，想着2元就觉得幸福无比，别的又跟我们有什么关系呢？痛苦来自过多的欲望。

上楼之后我打开电视，点播无聊的综艺节目，快看睡着的时候，刘局来了电话："问出来了？"

"嗯。"

"怎么样，有进展吗？"

"不算有。"

"什么意思？"

"米雪和宋之是有关系，但她的身体状态不好，没说出更多的来。你看看吧，我一时半会儿跟你说不清楚，你看看就知道了，还是要靠你。"

"那录像呢？"

"你别急，录像10分钟后会通过加密邮件的形式发给你，密码是钱墨痕是禽兽的全拼。"

"刘局你怎么这么幼稚啊。"

"别废话了，我这边没理由拘留米雪，放她回去了，我这边能想的招儿都想了，阿彻的案子靠你了。"

我握着电话苦笑了下，现在这个情况还有心情跟我开玩笑，不过问询也不见得一点收获都没有，想到这里我挂掉了电话。

17

　　快捷酒店的网速往往不快，在等待传输的过程中，我放弃了立即观看的念头，想着这是我最后一件武器了，留到后面说不定有更大的功效。我去浴室洗了澡，换了件穿脱方便的外套，决定出门去找刘局地址上的丽姐。

　　在一栋写字楼的十楼，如果我没猜错的话，这里应该是把一层甚至几层都包下来打通了。门是普通的门，我知道里面大有乾坤，但还是没法鼓足敲开的勇气。按说我早就不是雏儿了，混迹沙场也有段日子，但这些仍无法抵消身处陌生场所的恐惧。

　　楼道里的灯光亮起又熄灭第四次后，房门自己开了，开门的是一个二十五六岁的女人，穿着短得只能盖住屁股的裙子。她探出身子，放下了一包满是卫生纸的垃圾袋问我找谁，我说丽姐在吗？听到我说丽姐她微微欠了一下身，让我稍等，然后掩上了门。几十秒之后丽姐出现在我面前，个子不高，脚踩着厚厚防水台的高跟鞋才勉强到我鼻子，40岁上下，保养得不错，穿得不像之前的那么暴露，一副大姐大的模样，开门问我是朋友介绍来的吗？

"朋友？"我犹豫了一下，试着说出来阿彻的名字，"阿彻，牛阿彻。"

"牛阿彻？"丽姐狐疑地把头歪到了一边，但还是让我进了屋。

"牛阿彻可是有日子没来了，他怎么只介绍兄弟来，自己不来？"丽姐一边把我往里领，一边问。

我没法回答她什么，只是尴尬地打着哈哈："他啊，可能是忙吧，哈哈。"

丽姐看出了我的尴尬，把我带到了一个小的包房，问我喜欢什么类型的，是唱歌好的还是别的好的，要不然就叫两个，一个妹妹点歌，一个妹妹陪唱。

不知怎么的我反而有点不好意思，我摇摇手说一个就够了，"对了丽姐，我听阿彻说这儿的妹妹特别够味儿，我才来的。但他好像有一年没来了，有那时候的妹妹吗？留到现在的。"

丽姐听完露出了职业性的微笑："帅哥你放心，我们这儿的妹妹绝对都够味儿，我把她们给你叫来。"说完转身就要出去。

我把丽姐叫住，告诉她我是认真的，没在开玩笑："丽姐，说真的，这儿有待得特别久的吗？"

　　丽姐听了我的话面露难色，说这行业流动很快，高的容易被撬走，低的做不下去就不做了，很少有在同一家店做满一年的。这儿除了她自己就只有个待了8个月的，就这个8个月的，过年之后也不再干了。

　　我不是没想过直接从丽姐那儿突破，但这个想法很快就被我否决了，一来我不确定我跟40岁女人交流的能力，二来米雪和丽姐是雇佣关系，而米雪跟宋之有联系，宋之是组织卖淫被判刑进去的。说不准丽姐和宋之是一丘之貉，一步没走好整条线就断了。

　　丽姐还在沙发上说，今天还早，几个姑娘都在，不管我是喜欢20岁的学生妹还是三十几岁的人妻，现在都还闲着，什么条件都能满足。我打断了丽姐，那就那个8个月的吧，谢谢丽姐了。

　　8个月也挺久的了，多多少少知道一些米雪的事，我心里想。

　　丽姐显然对我最后的决定有些意外，但她没把疑惑表达下去，转身就出去了。我无聊地唱了两首周杰伦的歌，一个长相甜美的妹妹推门进来了，我没有停下话筒，只是用眼神示意她坐下。我甚至都没动手动脚，唱完之后我又唱了一首《伤心太平洋》，然后姑娘唱了首《认真的雪》，这才停下来。

　　她告诉我她叫小麦，叫她小麦就行。我看了她一会儿，她被我看得还有些脸红，我想了想还是没忍住问出了口："小麦，你认识小米吗？"

"小米？"

"或者叫小雪。"看见小麦完全愣住了，我补充道，"米雪，你认识吗？"

小麦眼球转了一转，没说认识也没说不认识，眼神倒是流露出一丝震惊，但是很快就收回去了。她往我怀里钻，说现在是我在这儿呢，是小麦在陪你，别想小米了。我想把场子圆回来，我说不是那个意思，我也是听一哥们儿提到的，不认识就算了，我也就顺口提一嘴。小麦在我怀里开始撒娇，说哥哥喜欢我吗，喜欢我的话今天晚上就带我出去，出去了说不定人家就记起来小米了。我觉得我接近想要的答案了，把她的脸捧了起来，认真地端详了一遍，"你真好看。"我告诉她。

我小时候看过很多新闻报道，报道中写记者们不顾自身安危潜入色情淫秽场所，明察暗访，了解小姐们的生存现状以及来龙去脉。这些报道无一例外最后都以同一句话来结尾：

"了解情况之后，笔者借口家中有事离开了现场。"

这句话给我年幼的心灵留下了不灭的印迹，以至于很长一段时间我都对这句话以及记者高山仰止。大学时候我刚开始写小说，难免涉及男女之事，找小姐是描写老男人故事中绕不过去的坎，光凭想象太过空洞，听旁人讲述又嫌不真切。那时候我三番五次地下定决心要去看看，哪怕最后"借口家中有事离开现场"也行，再不济钱照给可以了吧，也无愧于自己的心了，可终究因为这样那样的原因拖拉了下来。正因为我的不能够做到才对这种行为更加敬仰，看遍万花还能飘然离去，这得需要多么大的忍耐力和意志力啊。

直到很多年后，在圈子里混到了一点点位置我才知道，需要拥有的远不只是忍耐力和意志力，还要有勇气。这就好比你在路边买了块糕点，给你切好装盒了，这时候你想起你家里烧了韭菜，隔夜就没法吃了，你跟师傅说对不起，不用了。这时你就知道忍耐力和意志力都不起作用，勇气才是第一位的。

现在小麦躺在我的怀里，钟点的时间还有很长，足够我抱着她，小麦点上烟抽上一口，然后把烟圈吐在我的嘴里，把烟递给我，问我在想什么。

我说我没有想什么，只是觉得跟你一起很舒服，很久没有这样的感觉了。

小麦妩媚地朝我笑了笑，说舒服的话下次来还可以来找她，直接说找小麦就行了。

我把烟放下，把她整个揽在怀里，问钟点还有几分钟。

"还有10分钟，大可以把这根烟抽完，或者再唱一首歌。"

"出去你会赚得更多一些吗？"

小麦没有说话，只是对我笑了一下。

"那我们就出去吧。"

做这行的女人通常喜欢两种人，一种是省事的，一种是大方的，恰好两种我都占了。小麦对我的印象还不错，剩余的夜晚我挑了很多能讲给她听或者说她听得懂的故事。对了，做这行的还会讨厌一类人，那种在床上雄赳赳气昂昂，下了床就开始讲道理，说世界这么美好，好端端的小姑娘做什么不好，要来做这行的人。我很少问小麦的事，大多在说我自己。

我：说出来你可能不信，我可能是你接的第一个作家。

小麦：作家，什么作家？

我：就是写小说的。

小麦：写小说啊，我高中时候还自己写过小说呢，上课偷偷写，被老师撕了。我常想，要是那个老师没给我撕了，指不定我现在也是作家了。

我：是啊，小麦你还上过高中？

小麦：是的呢，你不知道吧，现在做这行也要高中毕业呢。好几个初中毕业出来的都要求看书，说是要补文化。这样一来不至于吓着客人，二来被大地方挑走的可能性也大。

我：看书？看什么书。

小麦：看什么书不管，只要看书就行了。对了，你可不是我接的第一个作家，有几个作家常来我们这儿，在网上写书，小说名字叫"侠盗"什么"天际"什么的，全是武侠的，我不感兴趣，据说一天能写一两万字呢。

我：你说的是网络小说啊，我不写网络小说的，我跟他们不一样。

小麦：那你是哪样的？

我：我是跟作协签约的那种签约作家。

小麦：做鞋？你不是写小说，怎么又去做鞋了？

我想了想，大概对牛弹琴就是这个意思。我告诉她，他们那些网络作家发表在网络上，我们写啊，刊登啊，都在书上。他们写一个人打怪升级成仙，而我写的更多的是这条街上有条狗死了，狗是怎么死的，他的主人怎么办，会不会买新的狗，这条狗的死会引发什么连锁反应。

"那不是很无聊，还不如看打怪升级呢。"小麦从抽屉里拿出一盒开过封的话梅，往嘴里扔了一颗。

"你不一定要写狗啊，你也可以写人啊。"我告诉她。

"死人啊，那也太血腥了。"说完小麦忽然想起什么似的，坐直了身子，"你不是来暗访的记者吧？"

我指了指垃圾桶旁边的杜蕾斯："我的饭碗还要不要了？"

她想想也对，又躺进了我的臂弯："那你写的就是普通人的故事呗。"

我点了点头。

"那你啥时候也写写我呗。我以后跟我孩子说，你妈也在小说里出现过。"我还没想好要不要做出肯定的答复，她自己又否定了自己："算了，还是算了。这行也没什么好写的，以后被孩子知道了，他会看不起我的。"

"我可以以你的名字命名女主人公。"

小麦的眼里又展现出了光芒："这倒是可以，我不需要多厉害，把我写得普通点就行。其实我不叫小麦啦，我叫小郎。刚来时妈咪说，小郎又拗口又不好听，像男人的名字，就改成小麦了。不过随你写啦，小麦小郎都行。"

房间里暖昧的灯光把她衬得更加洁白透彻。我熄灭了烟，把她抱得更紧一些，呢喃着"小麦小郎都行"。

之后没再说什么，或者只是琐碎地聊了一些，第二天7点我就醒了，等到9点小麦醒我才离开。这行的女生有白天睡觉的习惯，即便醒来，她还是迷迷糊糊的。

我说我跟她在一起觉得很开心，很久没有这种开心的感觉了。

她说我也是，很久没有在夜里睡觉了。在夜里睡觉，醒来能看到阳光，跟白天睡觉果然不一样。

我说我不怎么喜欢这个房间，我可以留你的联系方式吗，我知道附近有一家很好吃的馄饨店，看看有没有机会带你去吃。

小麦脸上夹杂着意外、惊喜，还有一丝为难。电话是没问题，只是我们这里妈咪管得严，不允许私自跟客人出去。

我随即表示，钱我可以早给，这不是问题。

小麦最后说，如果是吃东西，就不用付钱啦。再说吧，到时候再联系。

第三天傍晚的时候，我成功把小麦约了出来，天已经很冷了。小麦穿的是丝袜加过膝靴。我问她平常都这么穿吗，小麦摇了摇头。我敲了一下她的脑袋说，穿普通的衣服就好了，这么冷的天。她开心地笑起来，说难得出来一次，当然要打扮得漂亮些。

老板见我来没什么意外的，这两天我已经在这里解决了好多顿，倒是对小麦多看了两眼："女朋友？"

我朝老板笑了笑，不置可否，老板夸了一句"漂亮"，小麦礼貌地回了"谢谢"。"两碗馄饨，不要葱，多辣。"老板擅作主张地报了出来。小麦小声地跟我说她是借大姨妈来的名义才跑出来的，这样就不用收钱了。我问她那你到时候大姨妈真来了怎么办。她说算日子就这两天了，实在不行就说大姨妈这次量多，时间长了点。妈咪人还挺好的，不会苛责太多。最近生意也不好，不是很忙，但辣是吃不了了，对皮肤也不好。我告诉老板，老板暧昧地朝我一笑，端来了两碗馄饨，吐槽了一句他的儿子这么大也不成家，便径直走到后厨不再管我们。

小麦吃东西很快，吃完馄饨表示真的很好吃。我做出有点遗憾的样子说可惜了你不能吃辣，这里的辣油都是老板自己熬的，辣在其次，胜在特别香。小麦听了认真看了一眼辣油，点了点头说下次一定再来。

吃完饭我们出了馄饨摊，顺着热河路向南往秦淮河畔去。从我们两侧呼啸而过的除了时间还有急着下班的人群。那天夜里吹着南京初冬的冷风，小麦开始给我讲她的故事，讲她的家庭。她说她家庭其实还不错，并不是非做这行不可，她说她只是太懒了，一旦习惯这种轻松的赚钱方式就没办法再做别的活了。她说她知道这是青春饭，她把所有的钱都存着，从不买名牌化妆品，也不买名牌包。她说已经存下50万了，等存到100万就找个谁也不认识她的城市重新开始。南京的房价太贵了，100多万只够买一个小客厅，这个城市不属于她。她说她在新的城市能嫁人就嫁人，不能嫁人就买个房子买条狗，再开个小店，打发打发时间，要把青春没来得及过的日子在40岁之后都补回来。她说她不怕的，她只要每天能和正常人一样起床睡觉，每天傍晚能像个寻常人一样在不受歧视的眼神下跟喜欢的人吹着风散散步，过最平凡的生活就好。小麦说着说着就哭了出来，我像寻常情侣那样把自己的围巾取下来围在她的脖子上，然后给了她一张纸巾，轻轻拍了拍她的背。我只是听着，一句话都没有说。

分开之前我们在定淮门附近的肯德基歇脚，年轻人肚皮浅，走两圈就饿了，我买了两个甜筒冰激凌。想想刚刚在路上她说她最喜欢的明星是薛之谦，最喜欢他那份深情，我又折回去买了两份薛之谦代言的新品炸鸡。路上提到薛之谦，小麦兴奋地嘴停不住。她说她以后就想找一个薛之谦一样的男人，即使离婚了也会那样维护前妻。要是搁几年前我可能会和她辩上几句，说他作为公众人物可能更多的是消费前妻，是在塑造一个面具。但我现在不会了，我现在做的只是把炸鸡送到她面前，让她快些吃，过会儿就冷了。

她推脱了会儿，说妈咪从不让她吃炸鸡，炸鸡会让她身材走样的。我告诉她我大学时候踢足球，校队教练也这么跟我们说，但他不会禁止，他说只要把外面的面包屑裹着的酥皮撕掉就可以了。说着我帮她把炸鸡撕得只剩下里面的肉。小麦边吃边对我说，从毕业进入社会就没人对她这么好了，很多人都带着目的也带着防备，跟他们说话太累了，炸鸡她吃一个就够了，她才赚了50万，还要赚50万才能收手，她还想把青春多延续几年，要管住自己。

我看时间差不多了，从包里拿出自己的书，交到小麦手里。小麦擦了擦手，接过去："亦已焉哉？"

"嗯，我的小说集。"

"这我好像学过，是不是《诗经》里的，意思是就这样吧？"

我朝她点了点头，要她翻到188页，最后一篇短篇小说。她翻过去，看了几行眼泪就掉了下来。

"我说过要为你写小说的，但时间太紧了，来不及现写了，就把最后一篇小说的主角改成你的名字。"她看到的最后一篇，所有出现主人公名字的地方我都用签字笔涂掉，然后写上了小麦的名字。

小麦从那页翻到小说结束，把书小心地收在她的包里，擦干眼泪正视我："谢谢啦，不过我知道你是为了米雪。如果你是她之前的男朋友或之前喜欢她，别再找她了。她回不了头了，她病了。"

我猜到这一点，之前刘局也说过她现在身体很不好。我摇了摇头，告诉小麦不是的，米雪跟我没有关系，与她有关系的是我的一个朋友，怎么说呢，情人吧。"我的朋友现在不见了，我想要知道关于米雪所有的事，可以吗？"

小麦点了根烟，幽幽地叹了口气："好吧，也都无所谓了，你想知道的我都可以告诉你，我是坏人，我们都是坏人，你应该不是。今天很晚了，等下一次见面吧，下一次见面都由我来说。"

18

　　回到宾馆，我就打开了电脑，进程比我预想得要顺利。现在是时候了，我要在下一次与小麦见面前把视频看完，这样我才知道我需要从小麦那里了解米雪什么。

　　视频不算长，只有40分钟，倒也精炼，没有审问犯人时的那份含含糊糊和钩心斗角。隐秘摄像头的角度设在刘局的身后，画面里只有米雪，加上刘局的一点背影。米雪年龄只有二十七八，但皮肤暗沉，松弛得惊人，怕是临时从雨花台的出租屋被拉了出来，也来不及做什么遮瑕的装扮，随意洗了把脸，套了件外套就出门了，衣服也不是很整洁。小时候我看《茶花女》和《娜娜》，常常疑惑怎么前十几页这个女人还在叱咤沙龙，整个巴黎都拜倒在她脚下，短短几十页过去就年老色衰了，美人迟暮也不可能这么快。长大后我才渐渐明白，衡量青春的有时候不仅仅是长度，还有密度，青年时光越是光鲜灿烂的那些，越容易转瞬即逝，所以才更引人珍惜。

视频是从谈话开始的。

刘局："我们现在开始？"

米雪低着头，披着长头发，点了头。

刘局："米雪你别害怕，今天不是关于你的事，叫你来也不是审问你，只是有一些问题要问问你。希望你能配合我们工作，问完你就能走了，我问什么你回答什么，听明白了吗？"

米雪闷闷地"嗯"了一声。

刘局举起了一张照片，问米雪："认识这个人吗？"拍摄的角度使我看不到照片，只能依稀看见米雪把长头发往两边撩去，把中间的眼睛露了出来，努力辨认。刘局添了一句："牛阿彻，认识吗？"

这个名字让米雪身子抖了一下，她点了点头。

刘局："说说你们是怎么认识的。"

米雪脱口而出："5年前的时候。"

刘局打断她："5年前？时间记得这么清楚。"说出口觉得有些冒失，"对不起，你说你的。"

米雪说："是，记得挺清楚的，5年前那个时候我大三。我是大三见到他的，不会记错。"

刘局："在哪里见面的？"

米雪："那个时候我在外面做兼职遇见他的。他知道我是大学生，让我把心思放在学习上，别太想着赚钱，还问我钱够不够用。"

刘局："什么兼职？"

米雪听完又把头低下了，不说话。刘局见状没有就这个问题追问下去。

刘局："既然你记得这么清楚，这个人在你心中一定很重要吧，后来的联系频繁吗？"

米雪抬起头，把头发拢到脑后，眼神空洞无物，仿佛直视着遥不可及的目标，"后来他就去外地了。"

听到这句我暂停了视频，这么说米雪和阿彻认识在相亲之后，去西北之前，一瞬间我的脑中有一点点乱，我给自己点了根烟，按下了继续播放。

刘局："是去西北吗？"

米雪："去哪儿我不知道，反正去了好久。"

刘局："3年？"

米雪："应该是吧，具体多久我记不清了。"

刘局："后来你们有见面吗？"

米雪："有，这两年有见面。"

刘局："那之前的3年，你们一点联系都没有？"

米雪："有。"

刘局："有就自己说，不要我问一句你回一句。早问完了早回去。"

明显刘局这句佯装生气起了效果，米雪听了有些害怕，吐露的也多了起来："那3年有写信，也发电子邮件。他让我好好念书，不要再去陪酒了。"

刘局："牛阿彻平白无故给你发什么邮件，听这些你不会觉得反感吗？"

　　米雪支支吾吾："他还会给我打钱。"

　　刘局："每个月都打？"

　　米雪点了点头。

　　刘局："那我有话就直说了，你们发生过关系吗？"

　　米雪疑惑地瞪大了眼睛，身体随之又抖了一下，摇摇头说："没有，我想过要报恩，但阿彻没要，我怕阿彻嫌我脏，没敢再提。"

　　看米雪的眼神不像在骗人。

　　刘局："你上一次见阿彻是什么时候？"

　　米雪："半年前，每次都是他约我。"

　　刘局："说了什么吗？"

　　米雪："也就是问了我一些近况。"

　　刘局："这半年钱还照打？"

　　米雪点点头。

　　刘局："10月12日这天晚上阿彻给你打了个电话，没有通，那时候你在做什么？"

　　米雪听了这个问题开始用力想，想到抓自己的头发。看得出来米雪的病犯了，这几年米雪一直有狂躁症，发作起来不会有太大伤害，只是对审问不太有利了。镜头里米雪忽然兴奋起来，一大口喝完面前的水，开始讲自己的生活，讲与阿彻无关的内容。刘局向门外招呼了一声，问米雪随身带药没有。门外回刘局说走得太急了，什么都没来得及拿。

刘局叹了口气，想让米雪冷静下来，"阿彻死了。"他告诉米雪。

米雪的第一反应很真实，害怕、惶恐、震惊，全写在脸上。她立刻就崩溃了，眼泪迸发了出来。她说知道的她一定都说，只是她真的想不起来了，她的身体不是她自己的。

刘局摇了摇头，从档案里抽出一沓照片、一张纸递给米雪，问米雪认不认识。照片放在桌上，我认出分别是谷雨、夏天、宋立秋，还有阿彻去世的外婆，都是与案子相关的人物，照片我都看过。

照片从米雪手里走过去，米雪直摇头，边摇头边透露出一丝内疚，觉得自己没能帮上什么忙。但当拿到最后一张照片的时候，米雪眼神中放出了光，说这张我认识。但光也只存在了两秒，就暗淡了下去。

我把画面定格，在屏幕这头用心地看了看，照片是个男人的脸，依稀有点熟悉。但联系到案件又想不出在哪儿具体见过。脑中一瞬间闪过电话中刘局跟我说的米雪跟宋之还有关系，几条线交织在一起，这个男人的照片我在去上海的时候见过，在李sir的手机里。

视频继续播放。

刘局："他？"

米雪："嗯，他认识，我们都叫他'之哥'。"

刘局："之哥，你上次见到他是什么时候？"

米雪想了想："有一段时间了，我从'pretty'出来就再没见过他，一年半了吧。"

刘局："pretty？"

米雪："pretty是湖南路的一家酒吧，我之前在那儿，我的工作就是之哥介绍去的。"

刘局："那种工作吗？"

米雪趴在桌上不说话。

刘局："宋之在一年前因为涉嫌组织卖淫被抓进去了，已经判刑了。你有什么说什么，不用有顾忌。"

米雪趴在桌上眼睛闭着，呼吸也极不均匀。

刘局："你是怎么认识这个'之哥'的，他怎么会给你介绍工作？"

米雪摇了摇头，支支吾吾地说，那是大一的时候，班上所有的人都有了智能手机，就她没有。她想要，就去借钱，后来还不上，就去兼职了。

刘局："高利贷？"

米雪表示是不是高利贷她不清楚，她做了两个月就还了，头两个月也都没有出格的，就是陪陪酒。

猜得到刘局还想问米雪是怎样一步步沉沦的，但这边她的精神状态已经越来越差，需要抓紧一切时间问出一点东西，刘局问："据你所知，牛阿彻和这个'之哥'认识吗？"

米雪摇了摇头，马上又点了点头，说她想起来了，她跟牛阿彻认识那天就是之哥介绍的，说是牛阿彻喜欢文化水平高的，一定要陪好。那天付的不只是陪酒的钱，但最终只是陪酒的活而已。

刘局："还有呢，他们还有别的接触吗，就是你知道的？"

米雪无奈地摇摇头，表示后来见之哥见阿彻都很少，之哥还好，在酒吧抬头不见低头见。见阿彻大部分是在咖啡馆了，两人不是一路人，本来就很难聚在一起。

刘局："关于之哥，有更多的要告诉我们的吗？"

米雪："之哥对我们还不错，不像别的妈咪那么凶，会克扣。之哥只是抽小部分的提成，也不占我们的便宜。有几个姐姐都想跟之哥好，这在夜场也正常，但都被之哥推了。传说之哥家里有个很凶的少奶奶，但谁也没见过。还有一种说法是，之哥一直很喜欢他的妹妹，但没有结果。"

刘局："我们不关心他的私人生活。对了，你之前说你借钱，是这个'之哥'借的吗？"

米雪："不是，但我一还不上之哥就来找我了。"

刘局："你当时还是个学生，没有偿还能力。他们怎么就敢借钱给你，有什么借条吗？"

米雪吞吞吐吐，头已经低了下来，告诉刘局，不怕还不上，学校有很多他们的人，只要不退学都能还上，为了防止假冒学生身份借钱，借的时候会要求你拿着身份证拍一张照片。

听到这里我脑子懵了一下，这不就是传说中的裸条，想不到这种事情在身边真实发生着。视频还在放着，米雪到了亢奋期，说着说着还会忽然笑起来，得及时控制。我把视频往后拖，之后就没什么有价值的了，我关掉了播放器。

　　我回忆了一下这40分钟，记忆仅仅零散地抓住了一两个点，如果真的如传言说的那样，宋之迷恋的不就是宋立秋？视频早就放完了，我坐在床上，想理出个头绪，但没有成功。

19

"我先说我知道的，有什么你再问我，好吗？"

这是小麦见到我的第一句话。从西伯利亚来的寒潮今天凌晨到达南京，这个有着2000多年历史的古城一夜入冬。她今天倒是很居家地穿上了棉袄，在Costa走向我的时候一瞬间我都没认出她来。我点了点头说好，我尽量不打断你。小麦舔了口身前的咖啡，端坐了大几十秒，进入了放空状态，之后她猛地睁开眼睛，开始讲述米雪的故事。

小麦和米雪是在pretty认识的，就是宋之手下的那个酒吧。米雪是本科生，小麦是大专毕业，都算是学历高的。你看在酒吧坐的浩浩荡荡那么多人，针对不同人群还是有所分工的，就好比你一个愣头青进去，他不可能一开始就把最好的宝贝放在你面前。学历高的在一组，低学历有特长的在一组，两组之间互相看不起。学历高的觉得你没文化，学历低的觉得要是我有文凭有选择，才不会出来卖笑。小麦去pretty的时候，米雪已经做了一段时间，刚去的时候都是米雪在陪她玩。她俩聊得特别好，几乎什么都讲，最后离开也是因为米雪要走，小麦才跟着过来的。

米雪从小学习就不错，但怎么说呢，家庭不是很好。父母离婚，几年后又各自组建了家庭，她从小就没什么人管，但偏偏性格又要强，什么都想要最好的。米雪的小学初中高中都在县城，县城很小，一点儿消息全城的人都会知道。前12年的学生生活，米雪和她父母紧绑在一起。后来一进大学，米雪就去竞选了班长，她想在一个没有人认识她的地方出人头地。

米雪上大学那年智能手机刚刚兴起，虽然不至于如现在新生入学"苹果三件套"——iphone、ipad、MacBook那般普及，但也渐渐发展到人手一部。米雪那时候不说智能手机，连傻瓜机都没有。每次打电话都得去宿舍楼前的公共电话亭。随着手机的普及，在公共电话亭排队的人越来越少，每次米雪迫不得已走向那儿，都会觉得所有人的目光都在注视自己。

进大学之后，米雪的成绩依旧很出色，在社团的表现也很抢眼。她大一下学期就被提升为副部长。做干部与干事不同，向上要接收老师的指令，向下要随时联系得到能做事的人，就是这时米雪下了要一部手机的决心。

米雪走向电话亭，第一个电话打给了母亲，声音很嘈杂，她新出生的小弟弟在电话那头不断地哭喊着，使米雪不能听到几句完整的话。当她含含糊糊说出她想要一部手机的愿望时，母亲的回答清晰地传了过来："你除了我还有什么人可联系的，是不是要去接客？联系，联系，联系……"然后挂掉了电话。米雪想要离开，想想来都来了，重又插上了电话卡，拨给了她父亲。还没等米雪说明来意，父亲粗暴地问她打电话是不是要钱。米雪没有回应，转身挂掉了电话。

米雪在自习教室哭了一个下午，哭累了跑去上厕所，蹲在坑上平视挡板，被泪水冲刷过的眼睛变得雪亮。这时她看见了挡板上贴着的小广告上写着"大学生贷款"5个字，后面是一个名字和一串号码。她记下了这串号码，打了过去。

对方是个自称学长的男子，闲扯了三五分钟后说电话里一时半会儿也说不清，不妨见面聊。聊后感觉不错，对方是个文质彬彬的男生，看着确实长着一张学长的脸。学长说既然真的是大学生，就可以贷款，上限是5000，3个月还清就行，而且长得越漂亮，贷款的额度越高。最后的话满足了米雪的虚荣心，但她多了个心眼，问万一还不清呢？学长回应的是一个温暖的笑容："3个月还不清，半年一定可以了。半年之内都不会有额外的利息，比银行都要好。"

"半年之后呢？"

"过了半年，可能就要涨一点了，你看我们也要吃饭。不过你一定不会半年还还不上的吧，学妹。"

米雪想了想，一部手机4000，打3个月工加上节省下来的生活费足够还了，便决定签署协议。签字之前，学长按住了米雪的笔，说还有一件事没有完成，米雪抬起头问什么事，学长说万一你跑了怎么办，米雪说我在这儿上学呢，跑不了的。学长说这话我信，但是我们老板不信，我们老板要求拍照。

"什么照？"米雪问。

"很简单，举着身份证拍一张就行了。"

"那我就在这里拍好了，你有手机你拍我就好。"说完米雪就从钱包里掏出身份证。

学长摇摇手，说："咖啡厅厕所里拍吧。我刚才没说清楚，照片里是不允许穿衣服的。"

听了这话米雪的动作停了下来，自己还没有男朋友，身子还没给别人看过，就拍了这种照片，传出去还怎么做人。大概察觉到了米雪的犹豫，学长把手机递到米雪面前，问米雪是不是N大的？米雪点了点头。学长说你们N大很多人和我们公司有业务，你看，我们不会泄露隐私的，都打上马赛克了不是。

米雪接过手机，一页页翻过去，确实打上了厚厚的马赛克，只看得出一个个高矮胖瘦的女人举着身份证，却看不出具体是谁。只有一个人脖子上的一颗黑痣出卖了她，米雪认出照片的主人是学生会主席。主席也在这儿拍过照片，这大大降低了她心中的防范之心。拍完拿到钱，第一件事是买手机，第二件事就是四处找兼职。

米雪做的第一个兼职是家教，师范院校出去的学生即使没有太多专业技能，凭着师范生的名头，教育机构也会抢着要，毕竟是未来的人民教师，何况价格也要低上不少。

家教是好，轻松，拿的钱也多，但唯一的坏处就是你必须陪着学生，也就是说米雪每天下午3点到晚上8点都不能在学校。从接孩子放学一直到督促他们写完作业，有时候作业多，8点多都没法结束。而这意味着很多下午和晚上的课米雪不得不缺席。此外，社团活动大部分在晚上，学生会是为老师服务，老师要求随叫随到。这些都成了米雪面前的一面面墙，她每一样都不想放弃，却又每一面墙都逾越不过。

干了一个月之后，米雪辞职了。机构以涨工资挽留她她也没有答应，那时候她还想过丰富多彩的大学生活。第二份工作是餐馆洗盘子，苦虽然是苦点，但收入没有降低，工作时间只是用餐高峰的中午两小时以及晚上3小时，这给米雪留下很多时间忙自己的事，但是这个工作米雪也没能做长久。即使从小跟家里关系不好，但家里还是把她当公主养的，或者是她自认为是公主成长起来的，粗活重活一般都不上手，公主哪里做得了佣人的活儿。这份工作很快也干不下去了，这次是老板辞退了她。

第二次工作失败之后不久面临着英语等级考试，米雪便也没急着去寻找第三份兼职，就在这时她遇到了第一个"男朋友"，是一个40多岁的中年商人。要说他与众不同的地方，无非就是没有一般中年人那样隆起的小腹和被烟熏黄的牙齿。跟小说中写的狗血故事不同，商人没有隐瞒自己的老婆孩子，一方面因为坦诚，另一方面也因为40多岁的人比米雪身边的男孩子成熟太多，从小没有父爱的米雪忽然得到这般关爱，沦陷也顺理成章。

在米雪自己看来，她喜欢上商人有一个更大的原因，她说商人是她活20多年来唯一一个接近她不带任何目的的男人。做这行时间久了如染缸里的布，总会用有色眼镜看人，她们总会觉得男人没有一个好东西，男人接近她们都是有目的的，而她们往往是对的。这个观念在米雪小时候就附着在她身上了，她的范畴不仅限于男人，是所有的人。她从小父母就会不停地对她说，你看看我们为你花了多少钱，我们为了你如此辛苦，你以后要怎样报答我们。别的小孩子吃了棒冰或者得了新玩具开开心心地回家，米雪在开心之余还得记着母亲付的钱并且转换成恩情以后再回报给他们。她的童年几乎没有轻松地做过一件快乐的事。对于花他们的钱，渐渐从无奈到痛恨。米雪说商人是唯一一个让她感觉到索取并不痛苦的人。他只是不求回报地对她好，米雪也问过他为什么对她这样，商人说，没什么，我就喜欢看你开心的样子，你开心我也开心。米雪说就是这句话打动了她。

之后的生活平淡无奇，米雪过着寻常大学生一样的生活，除了有一个比自己大20岁的男朋友，别的跟身边的人毫无两样。身边的人说了一阵子的闲言碎语也就偃旗息鼓了。如果你在一个不那么好的环境中，上进和合群是两个矛盾的概念，你为了一种就必须放弃另一种。好在N大学习氛围还算好，各人都更关心自己的前程，也不常管别人那档子事。

米雪说她后来堕落了，道德感几乎没有，物质和关爱只要给予到一定的量，就能跟你上床。但上大学的时候还没有，物质和关爱，恰是商人给予最多的两样。商人在米雪身上很大方，米雪欠的钱很快就还清了。平时米雪不问商人要，商人每个月会定时给米雪一笔不菲的生活费，有时候遇到买衣服之类大的支出，米雪会先问那个贷款的学长预支，反正到时候生活费到了就能还上，也一直没出什么岔子。日子就这样过着，那个时候米雪没想着什么以后，她觉得不再问家里要钱，实现了经济独立，这就是她想要的大学生活。

大三的时候换了校区，整个系从大学城到了城中心。南京中心城区寸土寸金，分到各个学校头上更是小得可怜，校舍条件什么的自然不能跟大学城的新校区比，正好大三米雪寻思着考研，就出去租了套房子。合同签了一年，米雪先问学长借了半年的房租，想着等什么时候商人高兴了自然就能还了，却没有想到金融危机的大背景下，商人的原材料生意亏得很厉害，加上中央反腐的余浪波及地方几个小官僚，商人的靠山也倒了。一开始商人还想强撑着不把压力分摊到米雪头上，但这哪里是商人能扛得住的。之后到来的自然是这段故事的结束，房租也成了镜花水月。半年期转瞬即逝，学长这时候不再是和蔼的模样，跑过来唱白脸，说现在网络这么发达，要是还不上，你的照片会出现在所有人能看见的地方，你不是优秀青年吗，你不是国家奖学金获得者吗，就让你们学校看看，优秀干部是什么样的。

唱完白脸学长丢下一句给你3天考虑，就甩甩手走掉了。米雪将自己锁在房子里，两天也没想出一个解决的办法，自尊不允许她向父母开口，也不允许她向商人提最后一个要求。在第三个早上，唱红脸的之哥出现了，一个陌生的电话打到了米雪的手机上，开门见山地问米雪是不是缺钱，说可以到他那儿做兼职。三两句米雪听明白是陪酒，有心要拒绝。之哥说，不忙，你可以先来看看，觉得不错你再做就是。再不济还可以做服务生嘛，工资是少点，但也比外面的好多了。

　　之后的事没怎么说，大概就是去了。没有做公主，直接当的陪酒，米雪很快就红了，只在pretty做了一个月就把之前的窟窿全都补上了，还余了好多。本来想着赚一笔钱就离开，但心沉下去了，哪有这么容易出来。米雪虽然不出台，但赚的一点也不比出台的姐妹少。一来在金主们的眼里，吃不到的要比嘴里的香，越是得不到手，越是想要占有。米雪曾说，她有一年的情人节发过一条朋友圈，朋友圈里写着"都没人给我发情人节红包"，那条朋友圈最终给她带来了上百个红包，总数加起来有5位数，那些都是得不到她的男人。二来米雪确实出众。在这个圈子里，米雪算是为数不多有涵养的，坐有坐相，站有站相，举止得体，善解人意，长相甜美，一定场合下会来事。这些普通女孩应该具有的素质，在坐台小姐中却很稀缺。低档场所中不看重，中高档则视如珍宝。比如有客人点了一首邓丽君的《在水一方》，顺口问了一句这是哪个里面的，只有米雪一个人能答出《诗经》。加上有时候遇到喜欢唱英文歌的客人，还能跟他们对唱，小费什么的自然是拿到手软。

　　也有男人提出想要包米雪，但都被米雪拒绝了。外界只是觉得米雪挑客人，但她自己说想要一种恋爱的感觉，而不想要那种金钱利益的关系，但她最终还是沉沦了。在做到半年的时候，她遇到一个事业有成的老男人，商业伙伴请他过来玩，点了米雪陪他。那个晚上他跟她说他是第一次来这个地方，他说他觉得她很好。米雪说她不知道怎么了，那天鬼使神差就跟那个老男人出了台。她说她那个晚上守住了，没给那个老男人，老男人只是笑了笑，也没什么出格偏激的举动。米雪说是这点迷住了她，她说老男人简直跟那个商人一模一样。

几天后他们的第一次就发生了，接着是第二次、第三次，每次做完老男人还会给她一些小礼物，米雪也乐意被当成小女人一直宠着。好景不长，一个月后老男人的老婆知道了，老婆算得上有权有势，带着一群人来pretty大闹了一番，扬长而去。所有人都知道针对的是谁。那个时候米雪才知道老男人原来是有老婆的，但想想也在意料之中。她故作镇静地边收拾东西边说一切损失都记在她头上，一边还跟新来的已经被唬住的小女孩开着玩笑，直到把一整套戏做完，回到自己的更衣室才流下眼泪。

那次之后米雪像变了一个人，她们说米雪出台越来越容易了，也就是之哥嘴里的"米雪工作的积极性越来越高了"。我也差不多是那个时候进的pretty认识的米雪，你要听米雪，我的故事就不多说了。

你说阿彻？是，是有这么个人，米雪有跟我说过。

那天之哥说有几个朋友，要陪好了，点名叫了米雪，这是不常有的事。一般情况都是我们赚钱，之哥分成。很少有之哥自己招来生意，自掏腰包还叮嘱我们好好干的。我们自然不敢怠慢，那时我刚去还排不上，米雪那天陪的就是阿彻。第二天回来我问她怎么样，她摇摇头，意思是男人都一个样儿，没什么特别好讲的。

后来我知道阿彻是因为阿彻给米雪写信，我总帮米雪拿快递，总能看到阿彻的信。你说这年头谁还写信啊，一开始米雪也不回，只是当一个普通客人的胡搅蛮缠。后来渐渐开始回信了，用笔写，当然有时候紧急了也发电邮。其实真正紧急了可以直接QQ上说嘛，搞不懂他们。有一次下大雨，快递送进来的时候，已经淋湿了。我怕湿到里面的信，就把外包装打开了。那时候我才知道汇来的不只是信，还有汇款单。

我就去问米雪，问她是不是恋爱了，米雪摇头不承认。我说你不说就是不把我当姐妹，你的信别想要了，以后的信也别让我帮你拿了。那时她才吞吞吐吐开了口，她说不是男朋友，那个男人有未婚妻的，在上海，只是很聊得来的朋友，写写信什么的。

"聊得来的朋友怎么会打钱？"

现在想来我那个时候也是太小孩子脾气了，说完我就举起了汇款单。她见我拆了她的信一瞬间红了脸，但很快又白了下来，说："小麦，你又何苦来挤对我。"她告诉我那个叫阿彻的男人很喜欢她，第一夜她主动了，但是阿彻没接受。阿彻说要她好好学习，争取考上研究生，家里缺钱可以找他。米雪笑了笑，说阿彻不知道她早就放弃上学了。

"阿彻没有再来找过你吗？"我有点疑问。

米雪摇摇头说阿彻在西北做基建，要在那里待3年，不然也不会用写信这么原始的方法。她说阿彻是个蛮好的人，比之前那两个都好。如果能出现早点就好了，现在她已经丧失爱一个人的能力了。不仅是没有能力，连勇气也没有了。

"所以你们有可能吗？"那个时候的我也不知道适可而止，抓住一个问题就想要不依不饶地问到结果。

米雪摇摇头："他要3年才回来，回来就会跟未婚妻结婚，他的版图里有我没我应该没什么区别。"这句话让我反应了一会儿，我想说那他还每个月给你打钱，想想忍住了。我打入行起我的妈咪就跟我说所有男人都靠不住，只有赚到口袋里的钞票才是真真切切属于你的。那个时候我自认为比所有的女人都看得透，私底下我还笑过米雪几次，笑她没能坚持心里的闸口，相信男人几次就被骗了几次。那几年我还不明白这个道理，所有你爱过的人、受过的伤都会成为你的铠甲，成为之后你前进的动力，成为年老的你躺在轮椅上回忆年少的资本，再怎么样她有，也好过我什么都不曾获得。

对了，米雪跟我说过之哥第一次让她招待阿彻时是给了任务的，说是想方设法把阿彻拖下水。宋之不相信阿彻会像他表现出来的那样君子，他说只要阿彻是个男人，他就能让他原形毕露。但阿彻和宋之有什么恩怨，米雪并不知道。她努力过了，她甚至一直在努力，但阿彻更多的只是把她当成一个家庭贫困的妹妹，往过分里想也仅是倾诉的对象。他们之间什么都没有发生，男女之事很少提及，信件往来更多的也只是生活、学习，有些事米雪会如实说，有些事她会编出一个假的自己给阿彻看。后来阿彻回来之后，他们还有见面，那时候我们已经离开了pretty，他们只是喝喝咖啡，聊聊生活。我知道的最近一次是半年前，阿彻那时候离婚了。米雪回来告诉我有那么一秒阿彻已经同意了，但在最后一步的时候还是放弃了，仿佛有魔咒笼罩在他的头上。

米雪常跟我说我肯定能理解她和阿彻的关系，这句话我觉得她说错了。除了厌恶和喜爱，男人不可能因为第三种原因拒绝一个女人，我懂的只是这些。至于他们的关系，不仅我不懂，她也不懂。我没见过阿彻，但我相信他也不懂。

阿彻的事就是这样。阿彻走之后，米雪就不怎么出来接客了。外面传说之哥不可能放弃这棵摇钱树的，肯定是在对她进行什么特殊训练。那阵子我见她的面也很少，直到被赶出pretty，才知道这段日子的事。

米雪的条件很好，之哥让她陪了阵子酒把米雪的羞耻心磨光之后，觉得pretty对她来说水太浅了，于是让她学习各种知识，包括送她去高档健身房，给她包装。那个时候，之哥已经准备洗白了，他觉得米雪会是他的王牌。

后来证明没错，米雪成了一件大的武器，帮他谈成了3笔生意，给之哥带来了7位数的利润。但在第四次失了手，而第四次的任务比前三次都重要，能直接决定之哥的生死。之哥把米雪送了过去，那个时候米雪已经确诊狂躁症了，但她没去接受系统的治疗，也没敢告诉任何人，当然之哥也不知道。那天米雪忽然就犯病了，先是兴奋，后来莫名其妙地大笑，就像个疯子一样，把人吓得差点阳痿。事后之哥连打带骂问米雪怎么回事，才知道病情。

一开始之哥还带着米雪看病，后来老是不见好，怕吓着客人又不敢让她上班。之哥没法一直养着闲人，就把米雪赶出了pretty，反正总有人年轻。

米雪走那天跟我说了蛮多，我一冲动也就跟她走了，这就是我们离开pretty的原因，离开的时候之哥给了她一张银行卡，卡里有80万。接下卡的时候所有的小姐都像猎豹盯着肉一样盯着米雪，她们不知道为了这80万，米雪付出了什么。

之后我们就一起到了热河路这家，这家管理也严格，来的人素质不会特别低，妈咪跟我们分成也厚道。一开始米雪病情还算稳定，阿彻也来这儿找过米雪，他有些失望，但他还是来了，阿彻只是唱歌。但她并没有规律地服药，几个月之后病情又严重了，她在那儿也留不住了。当时我说我陪她去精神病医院，我们的钱也不少了，把病彻底治好，高兴的话一起做做小生意，不高兴的话就省着花，也饿不死。我说一辈子难得遇到一个姐妹。米雪听我说完抱着我哭了很久，这是我第一次看见她哭出声，当时她说好，第二天我起床时她已经不在了，之后我就再也没见过她。那时候我才想明白，她连药都能不吃就不吃，又怎么可能真的进精神病院。

大概阿彻就是你说的那个朋友吧，我们分开之前最后一次聊天曾聊到他。我问米雪这些年心底最放不下的男人是哪个，米雪告诉我是阿彻，不仅是因为没有得到过。米雪说阿彻在她的生命中就如同夏天飘落下来的雪花，看着在眼前，握在手上就没了，看到手上的水才知道是不现实的。

米雪告诉我，阿彻最近的态度越来越消极，说阿彻觉得生活缺少一种炽热的期待感，觉得生活不大有趣，每天醒来不知道自己要做什么，觉得自己什么都能做但又做什么都意义不大，问米雪怎样摆脱这种麻木去寻找"饥饿感"。米雪只能摇头，米雪没办法告诉他也去得个狂躁症，发病的时候就能忘掉一切，或者说看见一切。

还有一次说他们提到自杀，阿彻说他觉得一个人如果能选择自己死亡的方式，也未尝不是一件幸运的事，反正我们终将在找到生活真正的意义之前死去。米雪当时听了很紧张，毕竟没有一个正常人好端端会想到死亡吧。她说她放不下阿彻有一部分原因是因为这个，不过想想就自己这个状态也没什么资格放不下别人。不过紧接着阿彻又说什么"如果一个人殉情死了，那他绝不仅仅是为了爱情而已"，大概就是海子那句著名的遗言"我的死与任何人无关"的意思吧。

对了，还有件事我没说。那个阿彻的未婚妻就是之哥的妹妹，这件事整个pretty的人都知道，唯独瞒了米雪。还有之哥也知道，之哥从来都知道，他知道3年间米雪和阿彻的通信，收发的快递都要经他的手。

你还有什么要问我的吗？你要问的话现在就问吧。你没什么要问的话，我的故事讲完了。

20

　　小麦快结束叙述的时候，我的手机铃声响了起来，我低头瞄了一眼，是刘局。我关掉了铃声，不去管它。但不可否认，电话让我有些分心，最后一部分我没能集中全部的精力听，她让我问问题的时候我也没能说出什么。

　　小麦喝完杯中的咖啡转身走了，她推开门的一刹那我才想到，我可能这辈子都见不到她了。我一瞬间想要冲出去抱住她，不为了她的故事，不为了那夜的云雨，哪怕只是为了一个正式的告别。她跟我认识的每个女孩都不一样，我想要好好跟她挥挥手，祝她早日赚到剩下的50万，要她好好照顾自己，要她相信这个社会还是美好多，还是有爱情的。我想要真正地写一部小说给她，真正地以小麦或者小郎的名字作为主人公。想要哪怕只是亲她额头一下，让我不难么难堪。可事实是我仍陷在温暖的沙发中，看着咖啡的热气散去，看着小麦一步步从我的生命中离开，正如我没有告诉她阿彻已经离世了，我们已经找到了米雪，她的近况并不好。

我并没有矫情太长的时间，手机第二次震动起来，还是刘局。自从李sir来我家之后，我手机再也没调过静音。

"怎么样，你那边进展如何？"

我叹了口气，理了理思绪，告诉刘局我这里刚刚结束，然后把从小麦这儿得到的信息，挑拣重点的报给了他。

刘局也随着我叹了口气，说差不多就这样了，结案时间早就到了，他也没办法拖太久，这样看来阿彻确实是自杀。

我坐在Costa愣着神，没有接刘局的话，刘局接着在那儿说："对了，没来得及告诉你，昆山监狱那边的消息，说宋之和宋立秋确实有不正当关系，往来信件极其暧昧。宋之也一直不喜欢牛阿彻，觉得他是个伪君子。还说他俩有个后爸，后爸有恋童癖，他俩童年过得也蛮凄惨的，这才导致了宋之和宋立秋的相依为命，宋之后来的种种犯罪行为也离不开童年的影响吧。不过也不重要了，他们都是案外人员，跟案子没有关系了。"

大概是看我没有回音，刘局在电话那头问我怎么了，还在听吗？我说刚才在想事情，走神了。刘局跟我说，不说不开心的了，不管怎样案子算结了，今天晚上出来吧，我叫上小胡，也算庆功，我答应你要请你吃小龙虾的。

我犹豫了会儿，说今天不了，阿彻的事还需要缓一缓才能真正算结束，过几天吧，过几天我请你们，我想把阿彻的事记下来，想好了我就去找你们。

　　刘局说行，那我等你电话。挂掉电话之前，刘局说俄耳普斯你听过吗，我们都是俄耳普斯，我们是无法回头的。

　　我在家躺了一个星期，没看书也没上网，除了吃饭、睡觉，我做的唯一一件事就是到阳台的椅子上坐下来，看楼下车水马龙、人来人往，这曾是刘局最爱做的事。我只希望我能让自己想明白，我觉得这应该不算是奢望。

　　看了一个星期我想明白了，其实没什么道理，重要的是和自己的内心和解，这世界上很多人都在干着这样的事，肉体和内心的搏斗。我明白每个人做每件事都有他自己的考量和理由，我们没必要给自己做的每件事寻找意义。若是我们非得给阿彻的离去安上一个理由，他未免死得也太累了，我们活得也太累了。

　　我想明白更多的是第七天，我梦到了阿彻，梦中我们还在慕尼黑。阿彻跟我说了和刘局一样的话："我们都是俄耳普斯，我们是无法回头的。"这句话让我在梦中惊醒，我醒来就去电脑前打开了维基百科，一个字母一个字母打进去俄耳普斯。第一次我还打错了，翻了好几个页面才知道，刘局和阿彻说的不是杀父娶母的俄狄浦斯，是个希腊神话更小众的人物，俄耳普斯。他的传说是他的女人被他的音乐所吸引，但在婚礼上被毒蛇咬死。他痴情地冲入地府，用琴声打动了冥王。冥王说你可以带她走，但离开地府之前，万万不可回首张望。在快进入凡间的时候，俄耳普斯没忍住心中的思念，想看看妻子是否还跟在身后，就是这一回眸，使他的女人万劫不复。

然后我明白了他们所说的"我们都是俄耳普斯，我们是无法回头的"是为何意，就是那一秒我想起了阿彻给我打的最后一个电话的内容。

他说："出来喝一杯吧。"

我说："改日，今天有事。改日吧，改日我请。"

他说："好，那就改日。嗯，墨痕。"

我说："嗯？"

他说："每条路都是路。保重身体，我等你请我喝酒。"

当时的气氛下，全然没觉得什么不对，现在想起来才觉得惋惜。今天的酒一定要今天喝完，你说改日的事可能一辈子都不会再做了。想通了这个道理，我拿起手机拨给了刘局，我记得我还欠他一顿酒，电话没通。我拨给局里，接起来的是小胡。

我问她刘局在吗？

她说刘局调走了，你不知道？

我心想难道又是一个李sir，回说刘局没有告诉我。

她说，那就是了，之前说要聚，刘局说你有要紧事，说下次。可能是调走的时候怕耽误你，才没跟你说。现在大作家的事忙完了？

我苦笑了一声，让她别打趣我了，问刘局调去哪里了，还回来吗？

小胡说情况和李sir不一样，这次算机密，不让说，为了保护刘局，也保护我。让我等刘局亲自来告诉我，说完她挂掉了电话。

　　她挂掉电话后我想，即便刘局不在，我也可以单独请她吃一顿，毕竟一起办案了这么久，不说本分也有情分。只是电话已经挂掉了，一时半会儿又找不到拨回去的理由。我想起我还没告诉她关于刘局的故事，其实也没什么好讲的，刘局的爷爷是离休干部，跟着红军走过长征，是个老革命，几次斗争都活了下来。相比别人，刘局他爸自然是赢在起跑线上的。刘局他爸不出意外地也走了军队这条路，当上了师长，当时是整个军区最年轻的师长，也一直没犯什么错误。然后娶了刘局他妈，门当户对，他妈妈家也是当地很显赫的。到了刘局这一辈，自然就是出生在终点线上了。只是刘局与众不同，不愿捧起父母给的饭碗，实在混不下去了，宁进公安也不进军队。刘局私底下跟我说，他之所以取这样的绰号，是希望以后做官做到局长就可以停了，高处不胜寒。

　　一番折腾下来，再上床睡觉几无可能。我索性走出卧室，在家里四处转悠。在阳台给自己收衣服的时候随意往窗外一瞥，车马还是一样的车马，只是过了那个时间点，没有了那一番心境，便什么都看不出来了。来往的人流映在眼里，只觉得乏味而无趣，真不明白之前的一个星期自己是怎么度过的。

　　在阳台上伸了个懒腰，口袋里的手机响了起来，铃声是李志的《热河》，他用粗犷的嗓音在唱"如果你年轻时没来过热河路，现在的生活是不是很幸福……"我掏出手机，一个不认识的号码，下面写着归属地不详。我想了想，还是把接听从屏幕左边滑向了右边。

电话一通，刘局的声音就像麻雀般传过来，先是跟我打招呼说不告而别是迫不得已，然后又说那个手机不怎么方便，才用公用电话打给我。

我打断他："刘局你现在在哪儿呢？"

他没有理会我的问题，自顾自地说着，他说他家里急着把他往上提，可是他所在的系统很严格，往上走必须有很多硬性条件，不是说有人就行的。

"所以你现在在哪里？"

"红塔，回来我给你带条红塔。"他愣了一下，蹦出这一句，我才知道他在云南，"你别打断我，家里给我两条路，要么援藏，要么来这里做生意，回来可以到副厅，那时候就是真正的局长了。我想援藏太无聊了，还是生意场比较刺激。"

他说红塔的时候我知道他说话不是那么方便，在云南做着可以升副厅的"生意"，大概就是缉毒了，我明白了他的意思，也没就这个问题追问下去。

"要待多久？"我问他。

"这个说不好，得看赚多少。"他说。

"那杨柳姐呢？"

听我念这个名字，他又愣了一下，继而笑了出来："墨痕，你不记得了，我们都是俄耳普斯。"

即便他看不见，电话这头我还是点了点头。然后他说他那边有事，挂掉了电话，连我叮嘱的"注意安全"都来不及听完。

故事大部分已经完了，但我还是想多讲一个关于杨柳和刘局的爱情故事，我想让刘局这个角色在我的小说中更丰满一点。下面这个故事可以做这篇小说的番外。

那是我研二结束的暑假，从北京回家路过南京，停了几天。一天正好接到刘局的电话，便一起出来喝酒，喝到各灌下去半斤的时候，他跟我说，墨痕我们谈谈吧。那个时候他已经在实习了，我以为他要跟我吐吐工作的苦水，我放下了手中的羊肉串，准备听他倾诉。他说他喜欢上了一个姑娘。

之前我们认识接触已经有段日子了，但很少聊刘局的感情，不是因为敏感而刻意回避，是因为真的没什么好聊的。刘局处在这个大环境中，不管是上学还是工作，周围全是小伙子。偶尔遇到几个姑娘，刘局的要求还贼高。刘局有一点精神洁癖，要求女朋友最好能是一张白纸，一切都由他来书就。他费心费力学习那么多泡妞绝招，就为了有一天白纸到他手中的时候，他能画出最绚烂的画卷。当时我就冲他摇手，跟他说这是高中生思想，我们都快30了，哪还有白纸。他叹了口气，说他也就是嘴上说说，知道可能性不大，但还不让他心里想想啊。其实再怎么加条条框框，那个人真正出现的时候，条条框框也限定不住什么。这句话我倒是很赞同，冲他点了点头。之前，刘局面前倒是放过一张白纸，他单恋了白纸4年，可是白纸看不上他，白纸又怎样，早晚不还是别人的水墨画。

刘局的理想终究没能实现，他说他喜欢上一个姑娘之后，我第一句话就是"是白纸吗？"他喝了一大口酒没有回我，当时我看他这个动作就明白了大半，得，不是白纸。

倒不是说不是白纸就不好，或者说对刘局来说不是白纸怎么犯了忌，只是彼此都是男人，知道男人的偏好一旦形成，很难更改。之后的夜晚刘局没怎么再提起那个姑娘，只是大概向我介绍了一下那个姑娘的情况。我知道她叫杨柳，是一次刘局去酒吧认识的，和刘局同岁，爱玩。我听完介绍之后，我料定这个姑娘不适合刘局，或者说按理性分析刘局想要的不是这种姑娘。但刘局说他已经被她迷住了，还说不上被哪一点迷住，他问我有什么招儿。我回应他的是也喝了一大口酒，不说话，意思是哥们儿你是真的被迷住了，这道题超纲了，兄弟我也救不了你。

但我也没太放在心上，那个时候的我年少轻狂，以这个时代的秉性和我的秉性，上一个人都很容易，何况喜欢上一个人呢！

发现不对是在8个月后，那个时候我已经研三了。春天，我为了考博忙得焦头烂额，刘局打了两个电话我都没有接到，到第三个电话的时候，我接了。从几十公里外的那头都能传来一阵酒气。刘局说墨痕，我来找你了，你在哪儿呢？

我问他在哪儿。

他说他现在在首都机场，打了我电话没人接，他就直接飞过来了。

刘局一般很少说假话，他说在首都机场一定在首都机场。我让他在原地等我，然后放下手头联系导师的邮件，上了出租车。

我一路都在纳闷，既然现在查得这么严，为什么一个醉酒者能顺利地通过安检，顺利值机从南京飞来北京。这个问题我直到一个半小时后见到他本人都没想明白。

见面后刘局已经很平静了，出了机场我们往后海走。这么急地赶过来，刘局一定有一堆话要说。后海那些地方，每家店都会有几个穷得只剩下情怀的年轻人抱着吉他唱老狼和宋冬野的歌，指望哪个路过的音乐人能把他签了，或者哪个路过的姑娘把他今晚的温饱给解决了。这种地方，隔着台子的每个人都有一肚子的故事，只要你喝得足够多，你压箱底的情愫也会随着你的胃一起倾倒出来。

喝下第一杯酒，我指了指窗外的灯火跟他说，你看这城市，现在凌晨两点多了，整个北京城仍旧灯火辉煌。什么人凌晨两点还点着灯呢，这些灯光下面有什么呢，有我们。

刘局也随我喝下第一杯酒，没有说话。你要让心情不好的人有所倾吐，你不能硬让他喝硬让他讲，你必须得抛砖引玉。我现在干的就是这个事，我管这叫起兴。

那个时候我已经做出决定要离开北京了，我告诉他以后咱哥俩喝酒就方便了，打车就行，再不用坐飞机了。

刘局抬眼看我，你要回南京？什么时候的事。

我说，可能是今年硕士毕业后，也可能留下来读个博士再走。

刘局问我怎么了，还没进北京的社会就要走。

我把他的酒杯往前推了推，示意他喝酒。看着他喝完第二杯，我告诉他我已经想了蛮久了，最近才下决定而已。

我告诉刘局我有个师哥，严格来说也不算我师哥。他是清华毕业的，但学的是核心科技那块儿，具体研究什么我说不清，因为喜欢文学所以跟我的导师关系不错。毕业之后去了一个什么研究院，但常回来蹭我们的师门聚会，所以跟我们都很熟。我们导师常拿他的故事教育我们，说北京房价高又怎样，租房不是照样活嘛。在35岁之前买房会断送一个青年人的梦想。师哥也不是很有钱，租房已经七八年了，儿子都7岁了，他甚至成了我们的精神支柱，但是他上个月也离开北京了。

我告诉刘局，走之前他最后一次来跟我们师门聚会，他跟我们说南京那边房子工作什么都已经安排好了，这可能是他最后一次跟我们聚了，以后就不再是回北京而是去北京了，今天一定要一醉方休。我们问他到底为什么坚持了这么久之后还是离开了北京，他一开始不肯说，但经不住我们几个软磨硬泡，最终从牙齿缝里挤出两个字"房子"。看着我们不理解的眼神，他叹了口气，幽幽地说，他儿子马上要上小学了。他一说这个我们就都明白了，中国很多地方都有学区房的制度，为了孩子上学专门买套学区房的现象在这个时代屡见不鲜。只是在别的城市，一套房子用积蓄加上今后几年的省吃俭用就可以了，但在北京，十万一平会是一家人身上一辈子的大山。师哥说小学按顺序录取，房子在、落户在、父母社保在的排第一；房子、落户、父母单方社保在的排第二；房子、落户在，社保不在的排第三；房子在，未落户的排第四；然后才是他，租房的。按这个顺序，他的孩子根本读不了小学。他原本以为租房买房差的不过是一张房产证，现在才发现远远不止。

我告诉刘局，师哥说离开北京前后一共哭了两次，第一次是离职前向领导汇报。领导是个很好的人，80多岁的老院士，一直对他很照顾。领导很意外，师哥慢慢地说了他离开的前因后果。最后师哥对领导说："对不起，我可能真的做不到安贫乐道。"领导听了沉默良久，拍拍他的肩膀说没事的，可以理解，家人才是第一位的，以后去了南京还会关照的，人不在一起了，科研还是要一起做的。师哥听到这些话，想起领导之前对他的期待，便再也控制不住自己。第二次是搬了新家之后，是一个小房子，也没怎么装修。那天儿子跟师哥说，爸爸，我现在可喜欢洗澡了。师哥问儿子为什么，儿子说现在的干净。师哥问以前的不干净吗？儿子说以前的房子是别人的房子，旧而且黑，每次进去都怕，不敢洗太久，他听到当时眼睛就红了。这些儿子以前从没提起过。那天我坐的位子离师哥远了些，但我知道他哭的绝不只是两次，如果之前没有，那天也就是第三次了。

听我的故事说完了，刘局安慰我说，不至于吧，再怎么样也不会让名校毕业生在北京混不下去吧。

我看着他，没有接他这句话。我扬手让服务员上了第三杯酒，台上的男歌手开始唱宋冬野的《鸽子》，唱着"明天太远，今天太短"，我觉得时候到了。我说，不说我了，说说你的事吧。

我想在我讲了那个故事之后，刘局大概不会觉得自己是世界上唯一悲剧的那个。

刘局把椅子往前拉了拉："我和杨柳在一起了。"

"在一起了，好事啊。"

他摇了摇头，问我有没有听过open relationship？

"开放式关系？"我照着英文翻译了一遍。

"萨特和加缪听说过吗？"他看了我一眼，"或者说《纸牌屋》里的Underwood夫妇。"

我点了点头，表示我知道，刘局大概忘记我是中文系出身了。两对夫妇都有一个共同点，就是互相不管对方，但又只是肉体上为所欲为。我有点理解为什么刘局这样一个沉稳的警察会喝醉了，还不管不顾地飞来北京了，之后我便很少说话。我不知道要安慰他什么，全程都是他在讲——

你知道我在南京喝了多少吗，我自己都不知道，但我还是来北京了，我还是来看你了，还在继续喝，这已经是第三杯了。我和杨柳的事我谁都不想告诉。我知道不是什么事都是说出来就好了，但是我忍不住。墨痕你不用安抚我，我现在很冷静，我是成年人，我知道自己的状态。

杨柳她，其实我和她一起时就已经说好了，或者说达成了某种默契。那天她向我表白，说要不是遇见了我，她还想多玩两年。我对这句话没有一丝一毫的抵抗力，我当时就答应了她。我说如果你想玩的话，再玩几年好了，我等你，等你玩够了我们就结婚。我以为这是一句浪漫无比的情话，没想到一语成谶。

默契就这样达成了，最原始的开放式关系大概就是这样的。我们说好彼此可以跟其他人在一起，但没有规定是肉体还是精神，没有讲明什么性爱分离，甚至没有确定什么是"在一起"。

但默契还是达成了，现在想来大概是我们都觉得世界不真实，人性不可信，这样给彼此自由才是最快乐而又体面的选择。

3个月前的一天，那天快下班了，6点多，审完一个案子我收到一条微信，杨柳发了"今天晚上我出去住"。我隔着屏幕看了两分钟，回了个"好"。

这条短信足够中性，回避了一切关于情关于爱关于性的字眼，只是告诉我她今天晚上不回来，甚至给我留下了她可能只是和朋友一起的希望。但是我清楚地知道，今夜将会发生我不愿她发生的一切。我也清楚地知道我那一秒的情绪，我十分不爽，以及愤怒。我恨不得冲进审讯室，把刚审完的犯人拉出来再审一次，让自己的情感有所发泄，但我不能。我能够做的只是划开手机屏幕，解锁，然后给她发一条"好"的微信。你能理解我的感受吗，墨痕？

到那个时候我才发现书上写的，电视剧中演的，关于开放式关系的种种冷静客观的情感全是不存在的。面对活生生的人，真切的一件件事，我无法冷静，同样也无法客观。我拥有的只是如开水般滚烫的情绪，嫉妒、疯狂、冲动甚至仇恨，不一而足，对了，还有伤心和委屈。

那天我忙完工作回到家，一个人窝在沙发里，给自己点了外卖，却一口也不想吃。唯一做的事就是把电视从一个台换到另一个台。理性的大坝早就被冲垮了，那些情绪陪着我直到第二天见到杨柳。杨柳问我昨天过得怎么样，我还得硬着头皮说过得还不错，杨柳刮了一下我的鼻子说我在骗她，说我过得一点都不好。我苦笑了一下，心想还是她懂我。

她说我有的情感她都会有，所以才会要求空间，所以才会给我空间。

那为什么还要继续呢，我想要的还是一张白纸。为什么还要继续，还不是因为我没用，放不下她。墨痕，你知道世界上有种人必须活在痛苦之中，我就是这种人。

我不怪她，我一点也不怪她。如果说我活这么多年，我进这个行当这么多年，只学会了一件事，我觉得是每个人都有自己的过往，自己的故事，才导致了现在的每一种行为。有时候喝多了我和杨柳会互相讲自己小时候的事，我大部分是糗事，但杨柳的那些，我听了还挺心酸的。

算了，都喝到这份上了，都跟你说了。杨柳小时候不太好看，或者也可能因为别的什么原因，反正没什么朋友，甚至要比没有朋友来得更严重一些，很多人会欺负她。她在小学被封为"最丑女生"，但凡有男生跟她说话都会受到嘲笑。杨柳生在小城市，初中高中在一起的还是小学那帮人，那些人不喜欢杨柳，当然杨柳也不喜欢他们。杨柳大概是那个时候就养成了对人不信任的习惯，她总觉得世界上的一切都是虚幻的，没有什么是可以长久被握在手中的。

这种情况到了大学才好一些，她开学很快就和他们班一个男生在一起了。她有些自卑，但男生一直对她很好，他们是彼此的白纸。过了一段很快乐的日子，之后就是毕业，他们一起度过了整个大学，双方家庭也互相认可，毕业完就订婚领了证。但是在办酒之前，杨柳看见了那个男生手机里跟别人裸聊的记录。她觉得恶心，她以为男人嘛，大家都懂，但是裸聊，什么人才会裸聊啊？她纠结了一个星期都没能说服自己，之后就办了离婚。

后来的事情就水到渠成了，她再也不相信这个世界了，之后杨柳也就没有谈过很长时间的恋爱，或者说没有好好地谈过恋爱，直到遇到我。甚至连我都不算。

上个月是我生日，生日之前她问我想要什么，我说我缺什么自己会去买。她不肯，说她送的性质不一样。话是这么说，但我早过了期待礼物的年纪了，我知道她有心准备礼物，准备让我度过一个不一样的生日，那就够了。

你知道男生是不怎么过生日的，我也一样。我不知道要怎样过生日，我不知道怎样的生日才不会算作虚度，所以我干脆直接跳过那天。倒是杨柳的话把过生日这件事在我潜意识里扎了根，我开始认真思考这个问题，思考结束后，自己给了自己一个不太能接受的答案。

在我心里，如果我可以选择的话，我一直想跟那个暗恋的女生一起度过。对，就是之前的那张白纸。

我找到了杨柳，试探性地问她："如果我生日，我想跟别人一起过，你会不会生气。"

她一口就报出了那个女孩的名字，我点了点头。

她说："我资助你吧，算是给你的生日礼物。"

我支支吾吾地问她："你不会伤心吗？"

她看着我笑了一下，一如往常一样，说出了那句她常说的话："你开心就好。"

墨痕，你可能无法想象这句嘲讽的话在她嘴里是如何温柔且有道理，那一刻我开始相信杨柳说的都是真的，我有的情绪她也会有。

我之前一直在想，我和她在这段开放式关系中，存在爱吗，或者说爱有多少呢？这个问题没有意义但对我很重要。毫无疑问是有的，一个人把你的开心放在自己的开心之前，这当然是爱。如她说的，开放式关系只是形式，爱才是实质。

但其实我们并不是一样的，最基本的是她有很多情人，而我只有她一个。这当然由很多因素造成，比如她是热辣主动型，而我木讷且慢热，再比如她占据了女性优势最大的一条，就是好看，而我除了长相一般，连男性最大的优势也不占据，我并不富有。都说男人四十一枝花，若是四十的男人没有事业没有钱，哪还会有女人在你身边。

当然更深层的还有性别的因素，在这种方面女性更加被包容。男人们即便知道她有男朋友依然会和她在一起，而我若是在一个或一群女性面前大谈开放式关系，八成以上的女人会翻我白眼、扔我臭鸡蛋或是破口大骂流氓。

这是很现实的一部分，她可以把一个星期按天数排给不同的男人，而我只有一个单恋的女生。我还不知道要如何跟她开口，向她解释"我既爱杨柳也爱你"。

想到这些我就会疯掉。我吃亏了吗，我不知道，反正我还年轻，还可以混几年，你看我挺明白的嘛，其实我一点都不明白。不管怎样，我来的目的已经达到了，跟你说说感觉好多了，这不是套话，这是真的。

我不知道刘局那天是什么时候醉的，我倒在了他的前面。第二天早上在快捷酒店醒来时，刘局已经离开了。给我留的字条告诉我他要赶早上的飞机，已经在回南京的路上了。人在一天中喝醉了第一次，第二次就不会那么难受了，让我不用太担心他。

刘局的故事那天早上我只记得一些了，但日后的回忆慢慢帮我找回了全部。我不知道劝刘局什么，我自己在刘局的角色中都会疯掉。

爱情应不应该是私有的？人可不可以同时爱多个人？这个问题如同问别人的宗教信仰一样，冷峻而复杂。我很小的时候是有一个明确的答案的，但慢慢长大却又不确定了。大概爱过的人才各自知道。

　　至于爱情是什么，这个问题便更大了。以前我认为爱情不是天长地久，而是留住两个人在一起时最美好的东西。现在再想到又会觉得我在20岁的年纪还太小，不适合回答这个问题。其实大和小跟年龄无关，跟经历有关，这个故事中任何一个人都应该比我更有发言权。

21

阿彻的事情彻底结束后，我花3个月写了这篇小说，故事到这里就要结束了。

写完最后一个标点之后，我在小说原来的题目上画了两条横杠。《阿彻的春天》已经不适合这个故事了，这不是阿彻一个人的故事，这是我们这代人的故事，刘局、李sir、小胡、阿彻、米雪、小麦、宋之，当然还有我，还有你们。

如那天刘局跟我说的，我们其实是一类人，我们都是俄耳普斯，想要春天长久就要忘记如何回头。在我看来俄耳普斯不仅是我们俩，而是每一个人。我们是在很久之前的某个看似明亮的早上或是不知名的夜晚就失去了回头的能力，我们能做的只是一直往上走，要么到最高的地方，要么摔死。

当然我还有很多事没来得及交代，比如我在每个遇上新女孩的夜晚，结束后我都会装模作样地痛哭流涕，痛骂自己如何走到了这一步，然后第二天重复着第一天的生活；比如有一次我在德基逛街的时候好像看见了那个跪着乞讨的年轻人，站着的他让我不能确认，我最终也不知道我们是不是错过了一件好事；比如米雪有了别的并发症，生命最后结束在雨花台的那个出租屋，小麦没有赚到她的100万但仍然上岸了，宋之因为表现良好被减刑，李sir在湖南做到了局长，小胡最终还是通过相亲嫁了人。这些都是故事必不可少的组成部分，但又足够无关紧要，要是下次再有长的假期，我会把这些详细地写给你们看。

我知道你们还在关心刘局的结局，至少我停下笔的时候还没有他的音讯。他是我最好的朋友，我还没有勇气为了取悦你们去编出一个他英勇就义或者荣归故里的结局。你们没有看够的话，我再给你们描绘一个之前的画面好了，这是这篇小说最后一个画面了。

那时我们刚认识不久，还不怎么熟悉，还是在南京的街头吃小龙虾。刘局得知我是一个作家之后问我为什么要写作，说现在不通过网络，写作怕是赚不了什么钱吧。

我说我写作是为了时代，为了我们这代人，我想记录我们这个时代、我们这代人给前辈、给我们以及给后来人看。在目前这个阶段，钱大概还不是我考量的目标。而且我觉得这个时代需要我，就好比不管在哪一个时代，都需要那种在空空如也的路口安静地等待在绿灯之前的人。

说完我自己都觉得话说得大了，跟不熟悉的人讲过于假大空的东西似乎不是礼貌的行为。我想把话题转过去，便问刘局："你呢，为什么去当了警察？"

刘局盯着我，眼神认真得仿佛能把我甚至整个南京城吞下。他说："我父亲跟我说，如果这个世界不好，要不袖手旁观，要不就去改变它。"

而我已经袖手旁观了25年。

我去 2030 年

如果你能看到的话，应该已是2030年，你36岁了。这一年春节的下一天就是立春，春天来得格外得早，早到可能都没什么人记得，我们听不到逼哥的歌已是第13年。

这一篇写在10年前某个凌晨，你面对的是一台发烫的电脑。年轻时你靠期盼和梦想活着，现在也许这几个词早已淡出了你的生活，但还是想要给你做个提醒。你从来都是周围那批人中活得最酷的，希望你现在仍能这样。

21岁的时候你第一次说了那句话，"谁还不是个艺术家呢？"艺术家在你心中的标准很高，丢勒、巴赫、雪莱、惠特曼，王尔德和毛姆甚至只能算半个，他们都是很伟大的人，你不是，但你想试试。

22岁那年你出了第一本小说集，那时你还在南京，还不确

定这辈子要靠小说来站在这个世界上。在后记里你幻想以后的
生活，甚至只敢说你"在最自由明亮的日子里写过小说"，你
只愿意给自己5年时间，如果没有结果，可能能做的就只有放
弃。人生不长，东方西方总有地方会亮。你那时总觉得人生不
好，世界也不那么美好，将就活着就行，别的都是调味品，可
以有，但没有也过得下去。那时你除了理想什么都没有，理想
还不总搭理你。要半年后生活才会有些转机，第二年春天你得
知考研高出分数线10分，秋天你就到了北京开始咸鱼翻身。

　　经历了那么多，你大概不会再像10年前那么悲观。虽然你
知道悲观并不会阻碍生产和创作，你也知道消极的快乐更加真
实具体，但终究还是乐观更值得期待。有些你坚信的东西藏在
自己心里就好，共识不重要，每个人都有自己赖以生存的价值
观和世界观，坚持自我才是重要的。毕竟你热爱的事物终究会
存在，毕竟伟大和崇高永远不会被世俗所裹挟，有你在，这个
世界就会好的。

　　现在你靠什么激励低潮期的自己，还是不再需要，站起来
就顶天立地。你在年少时常为自己失落，为做不好每一件事而
惆怅。那会儿面对一次次的拒绝，你还不得不用老高的那句话
来安慰自己："他们看不出你的厉害自然是不大行的。"2016
年11月，满舒克在南京的livehouse表演只要80元。嘉宾是Tizzy
T和光光，你甚至都不知道Tizzy是谁。那天台子很小，人也不
多，光光在你身边抽烟你都没认出来，你还想埋怨室内场所为
何抽烟，他已经跳上台开始唱歌。也只是短短一年，豆芽在奥

体的演唱都座无虚席，这件事也在很长一段时间激励过年少的你。如果你现在还经历着绝望，完全不用为此沮丧，你缺的只是一个契机，这些不为人知的方面将使你强大。

你现在大概不会纠结于意义和永恒了。那是10年前你最在意的问题。永恒是不存在的，你写的小说，做的研究，在1000年之后终究灰飞烟灭。或者我们把时间无限缩短，短到今天写完，明天毫无价值和意义了，你还会全力以赴地为之努力吗？如果事先就知道这是一场盛大的无用功，你又如何去倾情投入呢？这个问题衍生的则是关于成功的焦虑，你25岁时曾向一个长辈求助，他有过将近10年的文学失语，你相信他的经历会给你帮助。你问他在那些日子，如何面对写不出伟大作品的焦虑呢？他想了一会儿，他说他年轻时会有，现在不会了，你只要保证在美学上不退步就行。你当时没有听懂，觉得只是泛泛，但这不重要，你终将明白。

有时候明不明白也不那么重要，不会有人幸运到每次都可以看清了路再走。你走上这条路的时候也没太想明白，抬起脚，步子就迈出去了。26岁你确定了对文学的态度，一个秋天的早晨你想好博士论文的选题，你把它叫作《守墓人的吟唱》。那时你才真正搞懂自己的内心，决定即使你做的是毫无意义的事，即使几年后文学或是别的什么完全淡出人们的生活和这个世界，即使文学在你们这代人手里死去、下葬，你仍然愿意做最后一批写作者，愿意成为文学的守墓人，告诉后来人文学曾经活过，并且照耀了人类数千年。即使无用，你还是要坚持吟唱。

　　在这条路上你写出你满意的伟大作品了吗？你现在不能再像年轻时那样在意发表和奖项这些虚名。拿了不过是满足虚荣和想象，不拿它们也不怎样。你现在大概都不记得你第一次获奖的情景了。你以为拿到了人生中第一个首奖，总能捞到发言的机会，你一直是坐在台下的那个，从小就没上过那个高高大大的发言台。你打好了腹稿，甚至不只是腹稿，你把一些要点和关键词都记在了手机的备忘录上，可到最后不仅领奖你没能发言，连座谈会你也只有坐在后面的份。那句"作为电池，就不能执着于蓄电，不光要关注现实，还要做到实现"只能永远地留在了你的备忘录上。这件事当时困扰了你很久，现在不过是泡在酒杯里的年少笑料而已。

　　永远也不要忘记虚名毫无意义。24岁时你和祁十木聊过在文学史上留下自己的名字，你们往后看，再过100年1000年，可能也留不下来，但你们还得去写，你们写作的意义不在这里。23岁你去《当代》面试的那天被问到编辑工作可能要看无穷无尽的稿子，文学工作不像寻常人想的那么浪漫时，你是怎么回答的？那还是你最理想主义的年纪，你说对文学来说，如果这是最差的时代，也就是最需要我们的时代。你当时真的是这样想的，你相信任何时代都需要这种人，就像任何时代都需要空旷的街道上安静等在红灯前的人一样。

　　你一定记得在五道口参加文学沙龙时候的感动。很多人可能做着各种工作，宁可在路上花上两三个小时，听着像你这样的人讲两句没什么用的经验，文学仍是他们心中的圣殿。还有你年轻那会儿做实习编辑时，收到的那些明知现在不会邮寄退稿还坚持投来的手写稿件，明白那才是真正的热爱。你也曾有过那样的年华，19岁第一次在学校社团拉起一伙人，哪怕院系领导都站在你的对立面，你仍要坚持去做一份学生文学期刊，坚持去在文章里"针砭时弊"。那时你爱反复听蛋堡的那句"'怎么那么久的时间还是这副德性？'那如果没人跟着起舞，我们怎么革命。"如果你被生活和事业磨平了心劲儿，多想想这些和年轻的时候，多听听小时候听的歌，那些离你并不遥远。

还有10年前15年前一起写小说的朋友，他们是跟你一样在坚持，还是各有各的成就？那时候没人认识你，也没什么人认识他们。写作这一行不容易，但其实每一行都一样，坚持是最难的，尤其那些仍默默写作的人。走起来的走起来了，没走起来的，时间久了自然就放弃了，而他们还在为旧时代守擂。他们信仰的无非就是毛姆在《月亮与六便士》中说的，我就像溺水的人，游得好不好不重要，必须游下去，不然就得死。他们是真正值得尊敬的，如果见到他们，多敬他们一杯酒。如果那些人包括你，则敬自己一杯。告诉他们，下个10年你还会在。

你是为了什么而写作，现在还会时常问自己这个问题吗？你有了新的答案吗？为了梦想，为了快乐，还是人总得有份工作。而坚持又在坚持什么？你记得你小时候因为调皮被老师叫到讲台上去，老师问你为什么捣蛋，你只是沉默，你明知道你越坚持，老师会越生气，但你错过了时间你能做的只是坚持，坚持的只是坚持本身。你不是那个小孩了，你要明白支撑你选择的是什么，你为此承担的又是什么。

你有孩子了吗？让他快乐地成长，不要给他划定界限，也不要逼他看你的小说。体谅每一个代际群体拥有自己特有的困扰，永远不要说"一代不如一代"的话，2050年的目标得靠他们。

不要因为不被尊重而生气，也不要因为被同辈人甩下而焦虑紧张，没有人会比你强，他们只是跟你不一样。18岁那年你最爱的一句鸡汤是"环境给你越大压力你就越要坚定，爱什么就做什么去吧"。22岁那年你最爱的一句鸡汤是"一个人活了三分之一才知道自己要的是什么，寻找自己喜欢的东西并努力得到已经很不容易。这时候对或错并不那么重要，你只需要满足自己的内心"。26岁的你已经不爱鸡汤了，你坚信自己出口成章。

不要去瞻前顾后，不要冒失前行，不要为眼前的荣光而停下前进的脚步，也永远不要在意别人对你的评价，100个读者可以有100个哈姆雷特，但是哈姆雷特只有一个。有人一辈子都见不到山羊，而你终将成为G.O.A.T。

如果最后还要加上些什么，希望36岁的你能写能爱，能登上任何想到的顶点，也能在必要时弯下腰。能够应付得了早起的艰险，也能熬了这场通宵。我现在开始往你那儿出发，我会把钱墨痕还给你，也希望你能鼓励到他，告诉他你这条路走得很对，每一秒都没有虚度，也告诉他你配得上过着的每一种如此酷的生活。